Christoph Meckel
Plunder

Carl Hanser Verlag

ISBN 3-446-14653-9
2. Auflage 1986
Alle Rechte vorbehalten
© 1986 Carl Hanser Verlag München Wien
Schutzumschlag: Klaus Detjen, unter Verwendung
einer Zeichnung des Autors
Satz: LibroSatz, Kriftel/Taunus
Druck und Bindung: Mühlberger, Augsburg
Printed in Germany

Erzähl mir ein Wort, sagte Caroline. Nimm ein Wort und mach eine Welt daraus. Nimm eins für uns beide, am besten ein Wort, das du liebst.

Erzähl mir den Regen, sagte Caroline.

Regen, wieviel Regen in einem Wort, und dazu die Regenschirme, die man vergaß, zwölf verlorene Schirme in sieben Jahren, gekauft an hellen Tagen in Rom oder Frankfurt, wenn der Regen als Wolke über Karelien hing, keine Aussicht auf Regenbögen und Süßwassersintflut. Rosige Damenmodelle mit weißen Punkten, die man billig an einer Tankstelle kaufte und in der Bar des SENLIS vergaß. Regen, ich schenk dir den Regen in Arnayon, er zischte im Laub zweihundertjähriger Pappeln, Kratzbürstenäste am Haus des gichtigen Bauern, der Cornillac, Belcombe oder Arnaud hieß und vor fünfzig Jahren Rekrut am Bosporus war. Man floh auf die Galerie des hölzernen Hauses, rannte im stäubenden Regen die Stufen hinauf, beunruhigte einen Kater im Gartenstuhl und vergaß die Zeit am verfinsterten Küchentisch. Regen kam vom Col de la Contamine, waagrechtes Schauern und Spritzen ins heiße Gesicht, schleifte in Böen über den Hang ins Waschhaus und steppte im Wasserbassin voller Seifenschaum. Man lief zum Wagen, der auf dem Kiesplatz parkte (in der Nähe des Rathauses mit den verwaschnen Annoncen), fiel in die Sitze und hörte Geprassel auf Blech. Man fuhr auf der Straße, die ein Sturzbach war, durch schäumende, enge Kurven ins Tal der Oule, und hinter den Scheinwerfern her in das trockene Haus, wo der Apfelschnaps gegen Erkältung half.

Beginnender Regen war immer mit Eile verbunden, Jacke über den Kopf und LAUF KATER LAUF! Über die Trottoire ins ROYAL! Nasse Füße, nasse Lippen, triefende Haare, atemlos machende Sturzflut aus heiterem Himmel, Stiefel mit Wasser gefüllt, zerklatschte Locken, durchsonnte Regengüsse auf Strandpromenaden, man drängte sich unter die bunten Marquisen und lachte. Landregen, der in den Gärten seufzte, Wege aus fließendem Lehm und nackte Füße, PITSCH UND PATSCH auf der Rutschbahn nach Glockenreich. Regen der Kinderfeste im waschechten Juni, der Kuchenkerzen löschte auf Tischen im Garten. Regen, Regen, der sich in Nässe erschöpfte, von Dachrinnen tropfte, das Heu auf den Wiesen zerklatschte. Tropfhöhlenhimmel der Tropen, senkrechtes Wasser, das nachts die Farben der Vögel und Lastwagen fälschte, das Kabriolett von Miss Laugh durchweichte und Mais oder Feigen auf dem Speicher fraß. Sturzwasser, das sich in Manteltaschen wärmte, ein Paßbild mit Hustenbonbons und Tabak verklebte, daß Caroline weder lachen noch weinen konnte und die Nässe persönlich nahm, eine Strafe des Himmels.

Regen, süß und kühl in den Augenhöhlen, Regen, der wachsen ließ – das Gras und die Kinder – Gewitterregen im Juli, die fackelnden Blitze, der Donner kam verspätet und knackte vor Wut. Regen der Roadrunner, ohne Caroline, o Wasser im Benzintank und gurgelnde Lungen, Regen der einen Leute und Regen der andern, Regen ins Meer und Seeleute in den Bergen, schadenfrohe Frösche im Sumpf bei den Birken (wo Caroline die Sandalen verlor beim Laufen). Regen, saftig und süß für heute und immer. Regen ohne Gift, ohne Schirm und Dach, ohne Arche und Hut. Regen, ein Wort lang Regen, ein Leben lang Regen.

Und nun das Wort Plunder.

Erinnern Sie sich, daß vom Plunder die Rede war? Es hat etwas damit auf sich.

Ich hörte das Wort in der Kindheit und hatte es gern. Es reimte sich auf Holunder und Wunder und war der unscheinbare unter den Reimen. Aber in seinem Innern – wer weiß, was dort lebte. Vielleicht ein Kobold in Gestalt des Froschs. Das Wort schien auf ungeschickten Füßen zu hüpfen – Plunder, Plunder. Es kam nur schwer vom Fleck und flog nicht gern. Fliegen hatte der Wortlaut nicht gelernt, das lag an dem U. Es hing mit dem U am Boden der Sprache fest, wo die ungeflügelten Wörter an Krücken gehn, sich krank sagen lassen oder maulfaul verkümmern. Das klangvoll lastende U entsprach dem Stein, der ein Kleiderbündel unter Wasser hält. Der Mörder hockte im Wort und sah geisterhaft aus. Inzwischen hat man zum Plunder beigetragen und sein gefräßiges Wesen kennengelernt. Plunder, das Kinderwort, hatte keinen Inhalt. Ihm fehlte ein Inhalt, der fest in den Silben saß, wie der kleine Kuckuck in seinem Wort. Plunder, das Wort, war ein Klang, der von Anklängen lebte, von unbestimmten

Vorkommen an Musik, ein Wort, das gesungen wurde und selber sang, im Widerspruch dazu – und vielleicht aus Protest – daß der dunkle Vokal die Silben am Boden hielt. Froschhafte Plumpslaute schienen ihm angemessen. Aber es sang, es versang sich ohne Inhalt und verschwand im Gerümpel der Wörter, die keinem gehören. Es blieb ohne Nachricht verschwunden und fehlte nicht. Es versteckte sich nicht vor mir, ich wich ihm nicht aus, doch hatten wir nichts miteinander vor.

Nach fünfunddreißig Jahren fand ich es wieder. Es hielt sich in einer Erzählung versteckt, die Stifter vor hundertzwanzig Jahren schrieb. Dort schien der Plunder auf mich gewartet zu haben. Das Wort und der Inhalt waren gemeinsam da, die Geschichte des Inhalts und der ganze Klang. Ich las den Satz: Es ist dies die Dichtung des Plunders. Drei Tage später erwähnten Sie Ihren Plunder, da war ich erstaunt, daß der Plunder zu Ihnen gehört. Das Wort war Ihr Eigentum, der Inhalt auch, die Geschichte des Inhalts und der ganze Klang. Es schien sich bei Ihnen eingeschlichen zu haben, um ein zweites Mal von mir Besitz zu ergreifen. Seit diesem Tag erschien es immer wieder, ich hörte es ausgesprochen und fand es gedruckt, begann in ihm zu wohnen, zunächst als Gast, danach als Privatbesitzer mit Monopol. Das Wort blieb eine Weile mein Eigentum. Ich verschaffte mir Schlüssel für die vorhandenen Türen, für Keller- und Speicherräume, Kommoden und Schränke, Schatullen und Uhren, Verschläge und Nebengebäude. Ich versetzte Wände, riß ein paar Böden auf, verrückte Möbel und stellte die eigenen dazu. Den Garten ließ ich, wie ich ihn fand, verplundert, voller Nesseln und Dornen, in undurchsichtigem Zustand.

Vor ein paar Tagen zog ich wieder aus, aber das Grundstück bleibt in meinem Besitz. Ich behalte es für den Fall, daß ich plundern will, wenn der Übermut oder die Schwarzgalle über mich kommt. Und obwohl Sie ein eigenes Haus dieser Art besitzen, ist das meine zu Ihrem Vergnügen von nun an frei. Es hat nach jeder Richtung hin offne Türen, wer will kann einziehen und seine Möbel verteilen. Die Zeit kann einziehen mit ihrer Vergangenheit, mit ihrer Gegenwart, und die Zukunft beginnen. Das Haus, sich selbst überlassen, kann wieder verplundern, und es kann sich, von Plunderern entdeckt, als bewohnbar erweisen. Es ist dies die Dichtung des Plunders und etwas mehr. Es war ein Kater, der hatte die Krätze. Das machte ihn verdrossen, es ärgerte ihn, daß jeder die Krätze zum Anlaß nahm, von der unschönen Haarlosigkeit des Katers zu sprechen. Das machte ihn unfroh, den eigentlich stattlichen Kater, und er rief den einzigen Satz, den wir von ihm kennen: Ich weiß, daß ich die Krätze habe, aber ich heiße Theodor!

Fliegendes Zeug. Es ist eine lautlose Ware.

Es ist das Geschwisterleben verstreuter Dinge, die Hinfälligkeit und das sorglose Überleben. Das Unkraut gehört dazu und die Tontopfscherben im Hof. Die Brennesseln, Dornen, Schneckenhäuser (an der steinigen Straße zum Col de la Chevallière). Es ist der in Kunststoff imitierte Tanzschuh auf dem Schreibtisch des Theaterkritikers Walz. Es sind die Petrefakten aus Cornillon, die Meerhölzer, Flußsteine und gestorbenen Wurzeln, in denen märchenhafte Gestalten erscheinen. Es ist die gefleckte, gelbe Schlangenhaut, die ich am Morgen auf der Türschwelle fand, und es ist die Kinderpistole mit Pulverplättchen, die zum Erschrecken der Wildschweine gut sein soll. Es gehören dazu die vom Fenster gestürzten Hummeln, die toten Spinnen im Filigran ihrer Netze, die Katzenschädel im

Gras und die Ahornblätter, die als Lesezeichen in Büchern verlorengehen (neben Raubvogelfedern und buntem Zuckerpapier), und es ist das Weinglas mit den Lippenstiftspuren (am Abend, bevor Caroline nach Perugia fuhr).

Es ist nicht der TRÖDEL oder die ANTIQUITÄT, und was man ohne Risiko kaufen kann, ein verblichener oder neu behaupteter Wert, die Kacheln, Kutschenlampen und Erstausgaben, und es kommt nicht vom Sonntagsspaziergang in Babylon-City, wo die Flohmärkte sich in den Straßen verkrümeln. Ich habe es weder erhandelt noch teuer erworben. Es ist, ich weiß nicht wie, an mir hängengeblieben. Es ist das nicht beweisbare Glück dieser Dinge, daß sie verlorengingen und übrigblieben, als wertlos gelten und abgeschrieben sind. Streugut der Hinterhöfe und Kinderspielplätze, defekte Gummibälle und Murmeln aus Glas (lebenswichtige Bestandteile aus der Weltmacht alles Zwecklosen, Überflüssigen und Ungezählten, Unordentlichen und Fallengelassenen, Nichtnachgefragten und Aussortierten). Es ist das Ding, das nicht auf der Liste steht, an dem sich Computer und Ordnungsliebe verschlucken. Es ist die Gräte im Hals der Pedanterie, die Nimmerleinsziffer in jedem Fahndungssystem. Es ist der weltweite Bettel in seiner Würde, zuhaus im gerechten Trümmerfeld der Zeit, vergänglich in seiner unzähligen Einzahl, unsterblich in seiner Vielzahl, allgegenwärtig, leibhaftig, namenlos, und erstaunlich wie die Schuhcreme im Fastnachtskrapfen. Er bringt nichts, hat der Kritiker Walz gesagt. O wie gut, daß der Plunder nichts bringt!

Es ist das Schaukelpferdchen auf Schlittschuhkufen, es sind die Siebenschläfer im Einmachglas. Es sind die Radiergummireste, die haarlosen Pinsel, die Glocken und Spielzeugvögel aus Salvador, und Anjas Ansichtskarte aus Bourg-les-Fontaines (sie zeigt einen Hund auf den Stufen der Mairie). Es ist das Zahnstocherfäßchen aus Settignano, das gestohlene Handtuch aus dem HOTEL SENLIS und die abgeschnittene Locke in Rauschgoldpapier.

Wenn ein Handschuh den Winter im Freien verbrachte, verschneit, verregnet, und wieder auftaucht im März (am Rand der Schotterstraße ins Pontillard), eingesegnet von Dreck und älter geworden, dann gehört er zur ehrenwerten Gesellschaft des Plunders.

Ohne Vorbehalt sieht er sich aufgenommen IM ÜBERSCHWENGLICHEN GEBIET DER WUNDER, neben Trambahnbilletten aus den fünfziger Jahren, als der gelbe Waggon auf dem Schotterstreifen verkehrte zwischen Orten wie BÜRGERABLAGE und KLEINWASSERHOLZEN. Er findet sich wieder zwischen Gläsern und Groschen, vergoldeten Nüssen und natürlichen Mandeln, verjährten Schlaftabletten und Kassenbelegen, Sonjas Nagellackfläschchen und Anjas Schminke. Das Abgangszeugnis von Lore Lottchen ist da, und ein ganzer Stapel von Urkunden und Diplomen.

Wer sind Sonja, Anja und Lore Lottchen?

Um sie überhaupt erwähnen zu können, müssen wir ein Geheimnis aus ihnen machen.

Ein Verdienstorden dritter Klasse ist da, den der Großvater Schotzky angeordnet bekam, weil er siebzig Jahre, aber verdienstlos war.

Wer ist Großvater Schotzky?

Um ihn überhaupt erwähnen zu können, müssen wir ein Geheimnis aus ihm machen.

Alle Herrschaften, die beplundert wurden, mit Orden, Urkunden, Titeln und Anstecknadeln; Regierungsräte und Staatsdiener jeder Sorte, Offiziere in allen Rängen und Hohe Tiere, die mit Schulterriemen und Knobelbechern erschienen: sie stellten etwas Beplundernswertes dar. Es kann auch ein Tütchen Mottenpulver sein, ein Poster von Lara Lally mit ihrem Hut, und es kann ein von Grünspan zerfressener Löffel sein, den Caroline im Kompost des Obstgartens fand, und das aus dem Teeservice ihrer Großeltern stammt. Es sind die Poesiealben rühriger Jungfern (ausgegraben am Jahrestag ihrer Unschuld), verschwundene Wäscheknöpfe und Zinnsoldaten, die später unter Kommoden gefunden wurden. Es ist das Buch mit den siebzig Tapetenmustern, das der unbekannte Vertreter im Clubraum vergaß, und es ist das Heiligenbild, das Jim Upstairs entdeckte, im leeren Haus an den Vorbergen des Olymp. Es ist der Granatsplitter, das Silvesterblei und der Pfeifenkopf auf dem Müllplatz des Altersheims. Es ist das Skelett des Spechtes, der Hungers starb, als er den Schnabel zu tief in die Pappel schlug.

Hasenspuren im Schnee für den Hufeisenfinder! Was blieb übrig vom Schulhaus im Bombenangriff? Ein Stückchen blauer Kreide im Nachbargarten.

Ich schenk dir ein Stückchen Kreide, da bist du froh.

Unterwegs in Babylon-City an Wintertagen, wir nannten das UNTERTAUCHEN, der Zufall kam mit. Untertauchen, das ging nur mit Caroline. Wir tauchten unter in Straßenschluchten und Kneipen, in Tivolirummeln und Wohnungen unsrer Freunde, und wir tauchten unter im Schnee, im herrlichen Schnee, der lautlos und hell die lichtarmen Höfe füllte, glanzlose Heiterkeit, Gleichmut fallender Flocken, geräuschloses Sinken, immer weiter sinkend, in zahllose Kindheiten der Erinnerung. Das sagt Caroline und hat wie immer recht. Wir tauchten unter in zugigen Bahnhofspassagen, wo hereingetragener Schnee auf den Böden schmolz, zwischen Bahnsteigkarten und Polizistenstiefeln, und versammelten uns, wo GEPÄCK überm Schalter stand. Wir versammelten uns mit Rentnern und Vorstadthalunken, mit Gastarbeiterfamilien und frierenden Negern, mit alten Frauen (wie immer von Hunden begleitet), mit Stehbiercharakteren und schwankenden Zauseln, und ab und zu war eine Dame da. Dann öffneten sich die Milchglastüren des Schalters (sie wurden auf eiernden Rädern zur Seite geschoben) und das Welttheater der losen Waren begann.

Die Stadtbahn veräußerte anonyme Bestände: die Gepäckabteilung bot eine Versteigerung an.

Drei Bahnbeamte, bebrillt und in halblangen Kitteln, dirigierten das lagernde Gut zum Schalter hinaus. Die INNENBEAMTEN (ein Titel von Caroline) transportierten den Hintergrund der Halle nach vorn, in vergitterten Schiebewagen und à la main. Auf der Schalterbank, über Hüten und Schiebermützen, stand der AUSSENBEAMTE mit seiner ganzen Figur und löste Massive von Stückgut einzeln auf. Wie auf dem Jahrmarkt der Losverkäufer bepredigte er die Erwartung bescheidener Kunden, ohne Lautverstärker, mit lässiger Demagogie, bedachte sich selbst mit Beifall und war im Recht. Er verplunderte wie schon immer, zu kleinen Preisen, was in der Aufbewahrung verschollen schien, und der Refrain seiner Preislieder war bekannt: Immer mal wieder hersehn, meine Herrn, der Reiz dieser Unterwäsche ist unentdeckt! Auch dieser Hut, meine Dame, ist ganz für Sie! Nicht durch das Lokal streiten, wenn ich bitten darf!

Verlockende Angebote der Schatzhausmeister. Wo blieben die Eigentümer, was war passiert, daß im Stich gelassen wurde, was brauchbar schien. Abberufene Leute? Gedächtnislücken? Der Witz eines Kicherers? Lieblose Wegwerf-Allüren? Ein Verzicht, ein Untertauchen, ein plötzlicher Tod? Eine Spende, auf diesem ungewöhnlichen Weg? Ein Geschenk für den glücklichen Zufall, aus Schüchternheit? Ein Einfall der Melancholie, ein letztes Spiel vor dem Selbstmord? Der Scherz eines Unbekannten im Publikum – er stand neben Caroline und steigerte mit?

Wir wußten es nicht, Caroline stand vor einem RÄTSEL und fand keinen Anlaß, im Recht zu sein. Die Geschichte der Aufbewahrung enthielt ihre Tücken – in einer Reisetasche ein fauler Fisch. Zerfetzte Dessous und ein Koffer, der nichts enthielt, ganz einfach nichts, das kam immer wieder vor. Müll, der wochenlang in Paketen verfaulte, ein Seesack voll echter Konfetti und falscher Bärte, ein Mikrofilm in der Spitze des Parapluie. Ein Langlaufski mit sieben unpassenden Stöcken. Wen interessierten Papierschlangen zentnerweise, wer brauchte zerschnittene Bibeln und stinkende Westen, wer war der Abnehmer für Gebisse und Pillen, wer nahm sich des Briefbeschwerers im Rucksack an?

Im Geschwirr von Angeboten und fliegenden Zahlen war die Stimme von Caroline ein entschlossenes Klingling. Sie erstand für mich die wievielte Schreibmaschine (daß sie nicht zu gebrauchen war, erhöhte den Reiz), und für ihre Gebiete des Wunders ein Zentnerchen Zeug: ein Ohrenschützer konnte von Nutzen sein, der Abwechslung halber war ein Pappkoffer schön, man konnte nicht gut einen Muff sich selbst überlassen, und ein Teddybär sah so komisch, so abgeschabt aus, daß er nur bei ihr in guten Händen war. Wir deponierten den Reichtum an gleicher Stelle, verschwanden in einer Bar am Pariser Platz (wo Caroline mich einlud zu WAS DU WILLST) und holten sehr spät den Zauber am Schalter ab.

*Caroline berichtet,
wie es zum Plunder kommt.*
(Erste Geschichte)

Bei der Firma DESASTER & SCHÄDEN GmbH war eine Katastrophe in Auftrag gegeben. Das war vor schätzungsweise fünfzehn Jahren (ihre Quellen sind mir nicht bekannt), und die Bestellung kam aus Übersee. Die Firma lag unauffällig in der Provinz, auf halbem Weg zwischen Irdisch-Unkraut und Wien, und war für ihre Katastrophen bekannt. Sie stellte kapitale Desaster her, vom Flächenbrand bis zum Umsturz moderner Staaten, und da das nicht öffentlich vorbereitet wird, lag die Firma bescheiden im Hinterland. Es schien sich um eine große Sache zu handeln, die die Wirklichkeit von Grund auf zum Wackeln brachte, und als sie in allen Details gestaltet war – die Firma legte auf ihre GESTALTUNGEN wert – blieb die Frage nach ihrer Verpackung und ihrem Transport.

Als Sperrgut per Bahntransport, das war zu riskant (nicht nur in diesem ungewöhnlichen Fall). Als Transport durch die Luft in dreißig Chartermaschinen – wer garantierte für ihre Sicherheit. Wie ließ sich eine Katastrophe verpacken, die unbeschadet über den Ozean ging?

Ich schlug einen Schiffstransport nach Übersee vor.

So wurde es auch gemacht, sagt Caroline. Es wurde ohne Gegenstimme beschlossen, die Ware auf dem Wasserweg reisen zu lassen. Nicht weit von der Firma gab es einen Kanal, dort wurden neunzehn Schleppkähne vollgepackt, solide Transporter, geräumig und anonym, gewöhnlich mit Zement und Wein unterwegs.

Wurde der Hafen abgesperrt? Gab es nicht entsetzlich viele Kontrollen?

Natürlich gab es Kontrollen und Vorsichtsmaßnahmen, es gab überraschend viele, wie du sagst. Die Manager wurden zur Leibesvisite gebeten, die Hafenarbeiter wie Strolche überwacht. Ein kleiner Diebstahl, ein heimlicher Griff in die Kisten – und die Katastrophe wäre erledigt gewesen. Es wurde nur in der Nacht verladen, die heimliche Arbeit dauerte wochenlang. Es wurden Maschinen und Pulverfässer verladen, Orchesteranlagen voll Theaterdonner, mit VORSICHT! GIFT! beschriftete Container, dazu Raketen und haufenweis Medikamente. Es wurden Behälter mit Knochen und Lumpen verladen, zerlegte Roboter und gefälschte Papiere. Ein Kahn wurde nur mit Plunder und Scherben beladen.

Dann hatte die Katastrophe ihre charmanten Seiten?

Das wird sich zeigen, sagt Caroline. Zunächst sah das Unternehmen bedrückend aus. Irgendwo lag ein toter Gaukler verpackt. Die Prozession war zwei Kilometer lang, sie schwamm bei Tag und Nacht die Kanäle hinunter. An den Schleusen drückten sich, als Angler verkleidet, Geheimpolizisten verschiedener Staaten herum. Die Ufer waren von Zivilisten bevölkert, die die Kinder daran hinderten,

Steine zu werfen. Fotografieren bei Strafe untersagt. Die Kähne waren mit schwarzen Planen bezogen, sie sahen wie schwimmende Massengräber aus.

Gab es Zwischenfälle unterwegs? Vielleicht ein paar Terroristen im Hintergrund? Gab es nicht doch den verkleideten Schuft, der Dynamit in die Schleuse warf?

Natürlich nicht. Die Wälder waren bewacht, die Wildschweine, Füchse und Vögel evakuiert. Schwärme von Hubschraubern knurrten im Himmel herum. Die Prozession kam pünktlich nach Rotterdam. Dort wurde die Ware auf sieben Schiffe verladen.

Das geschah vermutlich wie im Hinterland – unter Bewachung, heimlich und schnell?

Unheimlich schnell, ohne Zwischenfall. Die verfügbaren Kräne und Flaschenzüge und tausend Arbeiter waren in Aktion. Die Ware wurde gestempelt und sechsmal gezählt.

Denn ein kleiner Zwischenfall, ein heimlicher Griff in die Kisten, und die Katastrophe wäre geliefert gewesen.

Sie wäre vernichtet gewesen, sagt Caroline. Man hätte auf das Desaster verzichten müssen. Die Laderäume wurden expreß versiegelt, vor jedem Siegel zogen drei Wachtposten auf. Dann schwamm die Katastrophe aufs Meer hinaus. Die Leute, die den Transport zu begleiten hatten (und vom Geheimnis der Katastrophe wußten), waren Himmelfahrtsganoven mit Sonderdiplomen, Katastrophen-Strategen und Techniker aller Art. Die Matrosen waren so gut wie ahnungslos. Die Schiffsköche kochten wie immer, das Wetter war herrlich, die Fachkräfte spielten Skat und waren zufrieden, und die Funksprüche zwitscherten wie Lerchen im Mai.

Erregte die Geheimhaltung keinen Verdacht? Wurden von keiner Seite Fragen gestellt? Die Kapitäne mußten bestochen sein.

Die Geheimhaltung, sagt Caroline, war äußerst perfekt, die Kapitäne kassierten ihr Hintergeld. Der Konvoi bewegte sich in südwestlicher Richtung, ein Schiff im Gefolge des andern, bei guter Sicht.

Ob nicht ein kleiner Zwischenfall nötig war? Die Erzählung verlangt nach einer dramatischen Scene, die ein paar Seeleute aus der Fassung bringt.

Das dachte ein Manager auch, sagt Caroline. Es war der Manager des letzten Schiffs, und es war das Schiff, das mit Plunder beladen war. Der Manager lag in Betrachtung des Meers versunken, er fühlte sich wohl, das kam ihm ganz unpassend vor. Er machte hier praktisch Ferien bei Tag und Nacht. Er sagte sich: Katastrophen sind dicke Dinger, die einige Bedenken auslösen sollten, nicht unbedingt schwere, aber immerhin. Man konnte an Absicht und Wirkung nicht einfach vorbeigehen, man nahm hier an einer bedeutenden Sache teil. Während er weiter den Horizont beschaute und an Sinn oder Unsinn von Katastrophen dachte, wurde ihm klar, daß er kein Vergnügen empfand. Auf Katastrophen hatte er keine Lust. Egal, ob er selbst in sie verwickelt war, oder nur als Begleiter des Unternehmens reiste; egal, ob ihm eine Luxusreise nach Österreich und damit ein Happy-End in Aussicht stand; egal, ob er angekratzt wurde oder nicht – auf Katastrophen hatte er keine Lust. Die Lustlosigkeit an der Katastrophe bewirkte, daß er anfing, sich Gedanken zu machen, wie man die Katastrophe beschädigen könne, ein bißchen unterbinden mit Knalleffekt, oder heimlich in der Art, wie die Sache lief. Ein gewisses Maß an Abträglichkeit für die Sache, das schien durchaus in seiner Macht zu stehen.

Ein Katastrophenmuffel oder ein Held? Ein Widerstandskämpfer à la Don Quijote? Ein Boykotteur mit dem unverfälschten Gedanken an Bereicherung, Diebstahl, narrensicheren Profit?

Du brauchst nicht alles zu wissen, sagt Caroline. Du wirst dich wundern, was mit dem Schiff passiert.

Was konnte mit einem Schiff passieren, das Plunder und Scherben geladen hatte?

Es passierte eigentlich nichts, sagt Caroline. Bloß, daß der Manager das Schiff entführte. Dem Kapitän saß eine Pistole im Nacken, und die gehörte dem Manager in Person. Man tauchte an einer entlegenen Küste unter und brachte die Ware in Rettungsbooten an Land. Der Manager stieg in den Bauch des Schiffs, zog den Korken raus und das Schiff versank. Er selbst kam mit einem kleinen Schlauchboot an Land.

Der Manager zog den Korken raus? Da hatte das Schiff etwas Ähnliches wie ein Loch?

Natürlich, ein Spundloch, mit einer Art von Verschluß. Und der Manager machte Geschäfte mit Krims und Kram.

Jedenfalls war das eine ihrer Geschichten.

Sie ist noch nicht zu Ende, sagt Caroline. Das Wichtigste kommt noch. Als man auf dem sechsten Schiff bemerkte, daß das siebte Schiff verschwunden war, stellte der sechste Manager fest, daß auch er kein Vergnügen an dieser Sache empfand. Auf ein Desaster hatte er keine Lust. Es war der Transporter mit den gefälschten Papieren, ein großes Schiff mit drei verkorkten Löchern. Der Manager bestach zwei gewitzte Matrosen. Zum gleichen Zeitpunkt zog man die Korken raus und verschwand in einem Schlauchboot mit kleinem Gepäck, während das Schiff in den Wassermassen versank.

Demnach hatte das fünfte Schiff vier Spundlöcher und einen lustlosen Manager, der drei Matrosen bestach und im Schlauchboot verschwand. Und das vierte Schiff hatte fünf verkorkte Löcher, einen lustlosen Manager und natürlich ein Schlauchboot. Und das dritte Schiff hatte sechs verkorkte Löcher, einen zu allem entschlossenen Manager und ein entsprechendes Schlauchboot mit Fassungsvermögen?

Nein, mein Freund, so einfach ist das nicht. Die übrigen Schiffe hatten zwar Löcher mit Korken, es war aber nicht mehr nötig, sie sinken zu lassen. Auf dem dritten Schiff brach der Gugelfuhr aus. Man war dort fassungslos, daß vier Schiffe fehlten, und funkte in allen Winkeln des Meers herum. Eine Erklärung kam von nirgendwo. Die Kapitäne beschlossen, im Kreis zu fahren, bis neue Befehle gegeben wurden. Ich glaube, es kamen keine, sagt Caroline. Die restlichen Manager, pflichtbewußte Köpfe, donnerten ihre Funksprüche in die Luft. Umsonst – das große Ding war still geplatzt. Die Katastrophe war aus der Welt geschafft.

Alles in allem, was war das für eine Geschichte?

Ein Haufen Plunder verschwand in der Welt.

Es ist der Plunder, den das Wasser verschlingt, den das Wasser ausspuckt.

Meerwasser – Salzwasser, Flußwasser – Süßwasser, und das Wasser der Seen, Teiche, Tümpel und Sümpfe, Kanäle, Grotten, Brunnen und Regentonnen.

Und was man fand im Löschteich am Schwarzwälder Hof, als die dicke Marie verschwunden war, in Entengrütze, Schwarzwasser und Morast: Leitern, Pferdegeschirre, Ochsenschädel, verschlammte Karrendeichseln, ein Fahrradgestell.

Unausschöpfbares Meer, geräuschlose Tiefe, Landschaft der Schiffsuntergänge und Flugzeugabstürze, Friedhof verschollener Waren und Lebewesen.

Galionsfiguren der Wein- und Marmorschiffe, Kajüten voller Aale, Schatullen aus Silber.

Steuerräder, Computer und Flugzeugträger, verkrustete Waffen und Splitter der Meteore.

Gerippe von Fähren und Dampfern, Raketen und Bomben; Wal- und Pferdeknochen, Zugvogelknochen, Männer- und Frauenknochen, Affenknochen, Zwerg- und Riesengebeine, die Zähne des Kraken.

Grammophone, Sirenen, Harpunen und Taucheranzüge, Käfige ohne Inhalt, bartlose Schlüssel.

An Land geschwemmte Fischköpfe und Korallen, ausgelaugte Parkette von Luxuskabinen, Wurzeln der Salzwasserwälder, Seekarten aus Leder. Treibgut des Maelstroms, nicht runtergeschlungene Waren, Flaschen der Flaschenpost mit unlesbaren Blättern, leere Ölkanister und leere Fässer, Behälter voll Tee oder Gift, Matratzen aus Kork.

Plunder der Flüsse, des Hochwassers und der Springflut, ins Fleisch geschwollene Fingerringe der Toten, sandgefüllte Trommeln, verschlammte Uhren, Wasserwerke und Mühlräder, Zahnräder, Speichen. Gequollene Bibliotheken, verwaschene Bilder, Reste von Kirchenengeln, Altären, Fahnen.

Götterbilder aus Holz, wie Kork auf dem Wasser, schwimmende Kerzen. Der Tote im Sack, und der Tote im Sack, und der Tote im Sack. Verschnürte und Eingenähte, mit Steinen beschwert.

Im Schilf versunkene Reusen, Pistolen, Kleider.

Glocken im Schlick.

Caroline erzählt mir eine ihrer Geschichten.

Da war sie noch klein, eine Kichererbse in Hosen, kaum über die Wundertüte hinausgewachsen, mit Affenschaukeln voll Schleifchen, im zweiten Schuljahr, und wußte alles, was es zu wissen gab. Sie konnte sich frei im A B C bewegen, im kleinsten Einmaleins und im Buch der Lieder, wo Noten zwitschernd wie Schwalben auf Drähten saßen, und die Welt so gut wie auswendig war. Sie fütterte ihre Puppen, schob sie im Wagen, hielt enge Freundschaft mit Schmuddelkindern und Katzen, mit Rollschuh, Schlittschuh, Diktatheft und Waldmeisterbrause.

So einfach war das im Garten Eden? Da war sie als Sonntagsgärtnerin einquartiert?

Sie glaubt noch heute, daß es ein Eden war, trotz Mundfäule, Würmern im Bauch und quälenden Zähnen, und was an Schauder zum Vorschein kam. Sie glaubt noch immer an ein Paradies, und daß die Hälfte davon in der Kindheit lag. Sie war, wie alle Mädchen, etwas verträumt, ein klein wenig selbstverliebt und ein bißchen veralbert, aber Nostalgie, das war nichts für Caroline, das überließ sie den unausgelebten Naturen. Sie kam auf Stelzen daher und kannte den Kuckuck, sie spielte Klavier und Fußball und hieß Caroline. Die Schule war kinderleicht, wie atmen und schlafen, ihre Noten schwebten von selbst auf die strahlendsten Plätze. Sie war das Sonntagskind mit dem klugen Köpfchen, bis im dritten Schuljahr der Unfall geschah.

Von einem Unfall hatte sie nie erzählt. Ich hatte in ihrer Haut keine Narbe entdeckt. Was war passiert?

Der Unfall, der einmal passieren mußte. Ein Fettnäpfchen stand im Weg und sie fiel hinein, kam nie mehr heraus und steckt noch heute drin.

Ein Kindertrauma mit lebenslänglichen Folgen? Wer war der Schuft in ihrem Garten Eden?

Der Unfall hatte die glücklichsten Folgen. Weil der Unfall passierte, war sie heute da, in Babylon-City und in diesem Bett. Heut lachte sie, doch damals war alles aus, es gab nur Verwirrung und Tränen, und das kam so: Im dritten Schuljahr wurde ein Aufsatz geschrieben, es war die erste Klausur im Klassenraum. BESCHREIBE EIN WELTWUNDER stand an der Tafel vorn. Zwei Weltwunder oder drei kannte jedes Kind, es waren sieben, aber das wußte sie nicht. Sie glaubte, daß es unzählige Weltwunder gäbe und daß die persönlichste Auswahl möglich sei. Es gab eine Pyramide und einen Koloß, die Mauer in China und was es sonst noch gab. Das waren schon drei, aber keines war herrlich genug – so herrlich, daß es als Thema infrage kam. Kein einziges hatte mit ihr, Caroline, zu tun.

Wie sah ein Wunder aus, das infrage kam, das herrlichste Ungeheuer nach ihrem Wunsch?

Sie fand das eigene Wunder direkt vorm Haus, und ihre Entdeckung war nicht lange her. Sie hockte auf der Treppe zum Hof hinaus, der Abend wurde dunkel, der Garten still. Das Zwielicht war schön, weil sie aufbleiben durfte, es war eine Nacht im Sommer mit offenen Türen, sie hörte die Stimmen der Eltern im Innern des Hauses, dort war die Küche, das gewöhnliche Licht. Sie saß auf der warmen Schwelle und schaute ins Dunkel, da kam die Katze vom Garten her, lautlos wie immer, und ging spazieren, die warme Erde war angenehm für die Pfoten, der Abend war sowieso ihre Mausezeit. Man konnte sie an den glänzenden Augen erkennen (Caroline hatte oft die Augen im Dunkeln gesehen, wenn die Katze ins Gegenlicht lief, auf ein Fenster zu). Die Katze spazierte mit ihren glänzenden Augen – da passierte ein Wunder: die Augen begannen zu tanzen. Sie tanzten aus ihrem Kopf, das erste, das zweite, und plinkerten nah und fern durch die Dunkelheit. Sie schwebten weit, immer weiter vom Boden weg, ein Auge flog durch den Zaun und verschwand im Garten, das andere über die Müllkästen in den Holunder. Dann kam das erste Auge und suchte die Katze, dann kam das zweite Auge und suchte das erste. Die Augen durchflogen den Hof und den Himmel darüber, verblaßten im Licht der Türe und kamen wieder. Die Katze war nicht mehr da, wo war die Katze. Was machte sie in der Dunkelheit ohne Augen. Was machten die Augen ohne den Kopf der Katze.

Jedenfalls war das eine von ihren Geschichten. Wo blieb die Katze, was war mit den Augen der Katze?

Caroline war erschreckt, ganz benommen vor Schreck, saß auf der Schwelle, wußte nicht, was geschah. Da kam ein Katzenauge zu ihr geflogen und setzte sich in den Löwenzahn.

Was war mit dem Löwenzahn?

Da sah Caroline, daß das Auge ein Käfer war.

Wo war die Katze?

Vielleicht im Garten, nicht im Hof.

Und was war mit dem Käfer?

Sie hatte dem Flug zweier Glühwürmchen zugesehen.

Ein Wunder.

Ein Weltwunder, und sie trug es ins Schulheft ein, mit blauen Tintenfingern, Wort für Wort. Und jedes Wort ein Triumph für Caroline.

Es war ein Wunder. Was war mit dem Aufsatz?

THEMA VERFEHLT war alles, was drunterstand, und keine Note dafür verächtlich genug.

Und weiter?

Kein Garten Eden, keine Caroline, die im siebten Himmel ihrer Gewißheit war. Ein Sturz in die schandbare Hölle ohne Noten. Du ahnst nicht, wie entsetzlich das alles war. Ich mußte die sieben Weltwunder auswendig lernen, und habe sie wieder vergessen, bis auf eins.

Die Glühwürmchen.

Natürlich. Es kamen immer neue dazu, und lauter verfehlte Themen und wunder was. Es kam die beste aller Welten dazu, das ist für mich schon immer die Sonne gewesen. Du bist dazugekommen mit deinem Plunder. Wir allesamt mit den verfehlten Themen.

Friedhöfe und Kapellen im Hinterland.

Drahtgestelle auf knickenden Beinen, charmant wie Kleiderbügel und Stacheldrähte; die Rosen aus Kunststoff, die brüchigen Astern, die faulenden Schleifen.

Glasperlenkränze schrillend im Wind (alte Servierklingel auf dem Eßtisch der Eltern, wenn das Kind beim Dienstmädchen in der Küche aß).

Totensträuße vom Vorjahr in trockenen Eimern, Büchsen voll Regenwasser, ein Besen aus Stroh.

Aus Weißblech gestanzte Alphabete, auf Draht gezogene Namen bebend im Wind, Erosionen im Prunk, unlesbare Kondolenzen.

Ausgeblichene Pappelblätter im Nordwind, Heu in Haufen über die Grabsteine wirbelnd, rieselnde Halme.

Das Glockenseil der Kapelle von Saint Genest, am Boden zerfasernd, alter Löwenschwanz, speckig von den Händen der Bauernküster.

Trockene Weihwasserbecken voll toter Wespen. Kerzenständer aus Kirschholz, verstaubte Madonnen, Regenflecke und Grünspan an den Wänden, stockfleckige Bibeln.

Kalk, Erde und Staub; Staub, Erde und Kalk; zwei abgebrannte Streichhölzer auf dem Altar, das vereinzelte Sitzkissen der Madame Combel.

Namen und Daten aus Familienbesitz, Medaillons der Verstorbenen hinter Glas – Offiziere, Kastanienhändler, Lavendelbauern, nicht wiederzuerkennen im Sonntagsstaat, bierernst, todernst, gewaschene Bärte, mit der Würde von Brunnenlöwen und Opernstatisten.

Dort fand sich eine Mädchenklasse ein. Die Lehrerin ließ Gräber und Kreuze zeichnen. Backfischgruppen in der Junisonne, linierte Hefte auf hochgezogenen Knien.

Gottes Frieden mit Regenwürmern und Fliegen. Gekicher, Unruhe, ausgetauschte Plätze, ein Seitenblick auf benachbarte Bilder.

Als hätten die Glocken zur Auferstehung geläutet – aufspringende Mädchen, ein Lachen, zerknüllte Papiere, zerrissene Bilder auf die Gräber geworfen. DA HABT IHR ES WIEDER! ICH GEBS EUCH ZURÜCK! IHR KÖNNT ES

BEHALTEN! Mädchengezwitscher im Wind, die rennenden Füße, eine ratlose Lehrerin in der Friedhofstür.

> O du lieber Augustin
> alles ist hin,
> Rock ist weg, Stock ist weg
> Augustin liegt im Dreck.
> O du lieber Augustin,
> alles ist hin.

Es ist die Geschichte vom armen Augustin.

Er tanzte zur Fiedelmusik in meiner Kindheit, eine Bilderbogengestalt mit rotem Gesicht (vom Saufen angeschwollen, das ahnte kein Kind), barfuß, mit schütteren Hosen und leeren Taschen, ein Publikum ländlicher Kinder bestaunte den Vorgang, an einem Sommerabend in alter Zeit. Das war ein braver Geselle, ein Clown ohne Maske, eine dicke Lustigkeit mit verfaulten Zähnen, der sein Geld verspielte und sorglos war. Im Hintergrund ein Gasthof mit offenen Türen, vielleicht ein Tisch unter Bäumen mit Glas und Krug.

Das war der liebe lustige Augustin, so wurde

er überliefert und setzte sich fest. Er lachte über sich selbst, das war sein Leben, das schien sein Leben zu sein auch wenn er schlief, aus den Tänzen weggetaumelt in eine Baracke, die nicht in den Bildern aber lustig war. Lustigkeit! O Harmonie und Freude! Darüber erhob sich die Welt in Gottes Nähe, darunter war nichts, was Kindern fremd erschien. Der Augustin verplunderte seine Groschen, vertrank sein fideles Leben und tanzte dahin.

Der wahre August war Totengräber in Wien. Der Wein auf dem Land, die musikantischen Scenen, das konnte der Feierabend des Arbeiters sein, das Wochenende dessen, der Leichen hantierte, den täglichen Abfall des Lebens: das faulende Fleisch. Ein schlechter Gott beschäftigte ihn mit Seuchen (Cholera, Typhus, Scharlach und schwarze Pest). Er arbeitete in der Vorstadt, in Gassen und Höfen, die Kundschaft war arm wie er und bezahlte nicht viel. Er sah die bedeutenden Toten, von Pferden gezogen, mit Blumen und Schnörkeln geschmückte, lackierte Kästen, gefederte schwarze Paläste auf langsamen Rädern. Sie standen verdunkelt vor hellen Portalen, verschlangen verzierte Särge, von Herren getragen. Der Vorgang war würdevoll, der Kummer verhalten, der Abgang des kostbaren

Leichnams verlangte ein Schauspiel, für Publikum inszeniert, und verbrauchte Geld. Die Musik schritt festlich gekleidet vorm schwarzen Wagen, erfüllte die Luft mit Schauder, ein Wohlklang in Moll, die Nachrufe tönten und die Seufzer schallten, das mit Kränzen bedeckte Grab blieb als Festplatz zurück. Es folgten Soupers in den Räumen der Beletage, die Trauergäste rollten im Vierspänner vor, die Tode wurden ins Leben zurückgefeiert, sie waren ihr Geld und die großen Annoncen wert.

Der Augustin besaß einen eigenen Karren, ein Holzgestell auf zwei Rädern mit starrer Deichsel, darüber ein dunkles Tuch, das sein Werkzeug bedeckte: die Hacke, die Schaufel, den Tragriemen und den Sarg. Wenn ein Toter gemeldet wurde, fuhr er hin: zu den Durchfahrten und Gewölben, den hinteren Stiegen, wo das Leben billig ist und das Sterben nichts kostet, und verlud einen kalten Körper auf sein Gestell. Er half beim Waschen der Toten und beim Bekleiden, er schaffte sie in den Sarg, den er ihnen borgte, er trank Kaffee oder Most an den Küchentischen und war aus Gewohnheit im Kummer der Leute zuhaus. Er gehörte zu seinem Geschäft, er machte nicht leiden, war deshalb kein guter Kummer und höhlte ihn aus, auf stetige graue Weise, nicht gut bezahlt. Der Kummer der andern verging, sein Gleichmut blieb haften, beschlug die Gedanken, füllte die Seele aus. Er hatte mit Toten zu tun wie der Bäcker mit Brot. Er reinigte, wusch und trocknete seine Toten, er karrte sie weg und versenkte sie in den Boden, die zusammengeschrumpften Alten, die mageren Jungen, die Faltigen, die Gequollenen und die Entstellten, die Verseuchten, die Schmerzgekrümmten und die Erstickten, die von Fäulnis Zerfreßnen und die Ausgezehrten. Er nahm sich, zu gleichem Preis, der Erschlagenen an, der Säufer, der Randaleure und der Bigotten, der Selbstmörder und der Verstörten, der Greise und Kinder, sie galten ihm alle gleich, sie waren dahin. Der Bettler war dahin und der Tagelöhner, die Hure, die Witwe, der Korbmacher und der Knecht. In seiner Tasche rieben sich die Groschen, der kummervolle Gleichmut zog ihn nieder, die Welt ging stückweis menschenweis vorüber, er wußte nicht, in wessen Dienst er stand. Im Dienst der Toten? Im Dienst der lebendigen Leute? Er befreite jeden von jedem, den einen vom andern, ein Handwerker war er wie andre und schuftete schwer. In seinem Handwerk gab es nichts zu lachen, der tägliche Gleichmut nahm ihm alle

Freude, ließ Lebenslust und Übermut verkommen, die Brotzeit zwischen den Leichen war knapp und stumm. Da trank er etwas, aber nicht zuviel, da vertrank er den Gleichmut um der Freude willen. Da trank er immer mehr, vertrank seine Groschen, da lud er lebendige Leute zum Trinken ein.

Er ging zu den Plätzen, wo gefiedelt wurde, umgab sich mit frohen Gesichtern und tanzte allein. Er tanzte auf Schenkenböden und Sommernachtsfesten, im Staub der Gartenlokale, in Höfen und Kellern, auf Hochzeiten, Totenfeiern und Kirchenfesten, auf Märkten und Zirkusplätzen, und wurde bekannt. Er war der trinkende tanzende Augustin, ein lustiger Menschenbruder für jedermann. Er tanzte eingeladen und nicht gebeten, allein und betrunken, er hopste mit lachenden Backen, um der Lustigkeit willen, die unruhig in ihm lebte, sich seines Handwerks schämte und seiner Armut. Er tanzte ungeschickt, auf zu alten Beinen, um der Leute willen, die seine Räusche bezahlten, er trank und tanzte den Gleichmut aus seiner Seele, er lachte die Massengräber aus sich heraus. Das konnte nicht sein, daß er scheintot dazwischen lebte, den nächsten Leichnam am übernächsten vergaß. Lachend, tanzend und saufend vergaß er die Toten. Kein andrer Clown in der Vorstadt war lustig wie er.

Nun mußte er tanzen, immer weiter trinken, damit ihm die Lustigkeit erhalten blieb und das Publikum, das seine Räusche bezahlte, und damit er nie wieder in Gleichmut und Kummer verschwand. An einem Herbsttag fiel er berauscht zu Boden, mit lachenden Backen und erstaunten Augen, da war der Lustige August auf einmal tot, da lag er, ein Leichnam, im Dreck vor der Schenkentür. Sein Werkzeug verschwand mit dem Karren, kein Mensch sah sie wieder. Kein Wort hält fest, wo der August verscharrt worden ist.

> O du lieber Augustin
> alles ist hin,
> Rock ist weg, Stock ist weg,
> Augustin liegt im Dreck.
> O du lieber Augustin,
> alles ist hin.

Im Café die Pudergesichter alter Damen. Sie könnten im Augenblick zu gackern beginnen.

Auf jedem Kopf ein mit Nadeln befestigter

Hut. Damenhüte (man nannte sie früher VER-WEGEN), indianisch-türkische Phänomene aus Schleiern (getakelt, gedrechselt, ausgestopft), Tirolerhüte aus Rio, Kapottes aus Bengalen, Perücken und Turbane, Palmwedel, Netze, Hauben. Hüte, in denen sichtbar ein Unding steckt: ein gefärbter Pinsel, ein imitierter Fasan (beweglich im Takt der Köpfe und parfümiert), infernalische Creationen der Blumenstücke, Artefakte aus Filzen, klingelndes Glitzerzeug.

Entsetzlich komische Wesen der Beletage, mit Taschen, Ketten und Ringen behängt (die Spinnen, Schlangen und Molchen gleichen). In Hundeleinen verstrickte Gestalten, Madengesichter mit teigig geballten Backen, purpurn getünchten Nasen, Augen aus Eis.

Schwatzhafte Rudel gemästeter Parasiten, Rattengesichter voll Gier und Menschenverneinung, die Lebenden aussortierend, die Toten verachtend, in der frostigen Imitation eines Lächelns erstarrt.

Menschenfressender Klatsch aus blutleeren Lippen. Damen, für die eine Menschheit infrage kommt, sofern sie geruchlos und pünktlich zu Diensten steht, nach einer Handschuhbewegung den Raum verläßt.

Ich stelle mir vor, sagt Caroline, daß sich auf

einen Schrei hin die Hälse strecken, die kettenbehängten, bepelzten, nackten, fetten. Die Damen beginnen zu gackern, ensemble und solo, in allen Cafés der Welt, im gleichen Moment. Das Gackern schwillt an, ein Zetern, danach ein Kreischen, das jedes Ohr mit Entsetzen erfüllt. Es schrillt um die Erde, läßt die Luft erbeben, zerreißt die Vögel im Flug und weckt die Toten, verstört die Tiere, schüchtert den Donner ein –
– bis sich die Apokalypse der Welt erbarmt, und den Erdball verschlingt, damit Ruhe sei.

Wenn wir den andern Teil des Landes besuchten, das hatte was an sich, sagte Caroline. In unsrer Wohnung ließen wir alles zurück, was von Staats wegen kurios oder vieldeutig war – Adressen, Notizen und Zeitungen aller Länder, auch wenn sie als Packpapier verbraucht worden waren. Wir nahmen das Wechselgeld aus allen Taschen, die Ansichtskarten, Schlüssel und Fotografien, einen Strafzettel aus Lyon, einen Postbescheid, Etiketten, Kassetten und jedes Dokument, das für die Reise nach drüben entbehrlich war. Was Caroline in ihrem Täschchen verwahrte, einen Brief aus Toskana, ein nicht mehr gebrauchtes Rezept, blieb zu Hause auf ihrem Tisch und rührte sich nicht. Der gemeinsame Wagen wurde von allem befreit, was nicht amtlich zu ihm und unseren Personen gehörte, europäische Landkarten, Restaurantadressen, ein verjährter Reiseführer im Kofferraum. So hatten wir unseres Wissens alles getan, um den Umständen einer Kontrolle entgegenzuwirken.

Wir kannten die Prozeduren und Rituale, die die Bürokratie des Landes für notwendig hielt, die nach Weltwetter schwankenden harten und weichen Kontrollen, die genormten Schikanen, Verhöre und Leibesvisiten, den organisierten Stillstand von Recht und Zeit, und das Warten im Regen vor einer Barackenwand. Wir kannten das alles, wir glaubten das alles zu kennen, und sahen in jedem Fall, mit Geduld und Humor, eine kleine Verzögerung unsrer Reise voraus. Was an der Grenze bevorstand hing davon ab. Wovon hing es ab? Caroline war die Neugier selbst.

Von Hinweisen angekündigt erschien das Land, im Umkreis der Autobahn, es besaß Natur, und sah in der Luft wie jedes andere aus, kein gefälschtes Licht, keine Wolke in Uniform. Wir erkannten es, weil es in der Verpackung lag, die wuchs aus dem Boden und zog sich als

Westwall hin. Der Anblick war uns vertraut, die Wachttürme waren dieselben, die Symbole am Backsteinpfeiler, das Militär, ein historischer Panzerwagen auf hohem Podest, die Garnierung aus Stacheldraht und Beleuchtungsanlagen, der tote Bereich zwischen doppelt vorhandenen Mauern, die Warnschilder, die Baracken, die Farbe Grau. Die Grenze des eigenen Landes stand bevor, es schien sich um nichts als zivile Routine zu handeln. Ein Posten erbat unsere Pässe zum Fenster herein, sie wurden auf höfliche Weise fotokopiert. Wir fuhren im Niemandsland weiter, das durften wir machen, der Vorschrift entsprechend war unser Tempo gering. Es ermöglichte jedem Fernglas, uns zu studieren und jeder Schwalbe, uns zwölfmal zu überfliegen. Es ermöglichte Caroline, die Plakate zu lesen (sie enthielten dieselben Parolen seit ihrer Geburt). Dann durften wir schneller fahren, danach wieder trödeln, dann hielt uns ein Vorposten an und wir durften warten. Er verglich uns mit unserem Paßbild und war nicht zufrieden, wir durften ihn ansehen und seine Entscheidung erwarten. Er entschied, daß Caroline eine Brille zur Schau trug, die durfte sie abtun und ihre Augen vorweisen, den Kopf ein wenig wenden, der Ohrläppchen wegen. Danach schien festzustehen, daß die Ohrläppchen stimmten, das natürliche Eigentum der vorhandenen Dame. Caroline war die Spottdrossel selbst, sie ließ es zu, ich ließ es zu, daß meine Erscheinung nicht stimmte. War das Paßbild zu neu, zu alt, oder umgekehrt: war der Mensch für sein Abbild nicht glaubhaft zurechtgemacht? Hatte Caroline zu beschwingt GUTEN MORGEN gerufen, in der falschen Sekunde gelacht oder weggeblickt? Die Identität wurde schließlich für sichtbar gehalten. Wir fuhren mit unsern Papieren im Schlepptempo weiter.

Wir fuhren im Schneckenslalom, noch immer dieselben, durch Engpässe, Schlagbäume, auf markierten Spuren, und schlossen uns einem Stau von Fahrzeugen an. Wir warteten, rückten weiter, die Zeit verging, eine Fahrzeugverstopfung im Zentrum des Grenzübergangs. Caroline amüsierte sich, sie wußte Bescheid: EINE MITTLERE KRISE IM ORIENTIERUNGSKANAL. Eine Uniform stellte Fragen, sie hatte kein Glück, wir führten weder Waffen noch Sprengkörper mit, kein Abhörgerät und KEINERLEI SCHIESSGEWEHR. Das erklärte Caroline, ihr wurde verziehn, aber ungern und barsch, ohne jedes weitere Wort. Wir führten so gut wie nichts als uns selber mit, das war entschieden zuviel, aber immerhin – ein Ohrläppchen weniger hätte uns strafbar gemacht.

Wir rückten in kleinen, korrekten Etappen weiter und kamen nach sieben Jahren zum Grenzpunkt selbst. Zementbaracken, Kioske mit Tankstellendächern, zwei Schlagbäume mehr und Millionen Stacheln mit Draht. Einmal mehr lasen wir die vertrauten Vokabeln: Vorschriftsmäßig, nach Vorschrift, Vorschrift beachten. Das Ganze sah grau und gründlich nach Straflager aus und wurde von Uniform in Betrieb gehalten. Eine Uniform ließ uns warten, dann weiter warten, noch immer warten, noch einmal von neuem warten – bis der Orientierungskanal die Papiere freigab. Das waren unsre Papiere und keine sonst. Wir wurden durch Wink vor ein Schalterfenster befohlen, dort durften wir halten und wieder dieselben sein, zwei Insassen eines Wagens, o Caroline! Wir durften bestätigen, daß wir nicht mehrere waren, dann auf Befehl RECHTS RAN, auf den Meter genau.

Hier war die entscheidende Stelle, der staatliche Zoll. Wir durften Straßengebühren und Kopfgeld entrichten, dann neue Papiere zu unseren Pässen tun. Der Beamte (er sprach im herrschenden Dialekt) war ohne Einschränkung auf uns eingestellt. Ich durfte den Wagen verlassen, Papiere vorweisen, sogar etwas Gutes zum Fortgang der Sache tun: Motor- und Gepäckhaube öffnen, das war ein Befehl. Der wortkarge Mensch sah sich im Vorhandenen um. Ein unverfälschter Motor, ein Kofferraum, der allerdings nichts enthielt – das war schon der Haken – der Kofferraum war leer, irritierend leer, provozierend unbestückt, was lag hier vor? Da hatten wir wieder etwas falsch gemacht, obwohl man nichts richtig machte, das kam nicht vor, aber offensichtlich falsch, mit Bravour verfehlt?

Ein Spiegel auf Rädern besah die Karosserie, ihre rostige Unterseite an mehreren Stellen. Ein elastischer Stab wurde in den Benzintank gestoßen, das alles ohne Ergebnis – aber Geduld. Geduld, Geduld, ein Vorgang war im Entstehen. Caroline durfte augenblicklich den Wagen verlassen.

Das Innere des Wagens wurde vorgenommen. Wir durften das Handschuhfach öffnen, die Sitze anheben, den Sanitätskasten und das Werkzeug vorweisen. Wir durften schweigend (Beratung war nicht erwünscht) die Fingerfertigkeit des Beamten beachten. Ein Damenhandschuh wurde umgestülpt, eine Landkarte aufgefaltet, ein Taschentuch. Es wurde am Boden des

Wagens geforscht, ein Fußteppich umgedreht und ein Geldstück gefunden. Es war ein Markstück in der Währung des Landes, ein illegaler Besitz, ein Delikt, ein Beweis. MITKOMMEN hieß der erwartete nächste Schritt. Die Einladung ging in einen Barackenraum, doch nicht zu zweit, sondern einzeln, der Reihe nach. Zuerst der Besitzer des Wagens, und der war ich.

Der Raum schien grau und leer bis auf einen Tisch. ALLES BEWEGLICHE AUF DEN TISCH. Brille und Uhr, Zigaretten und Feuerzeug, ein Notizbuch mit leeren Seiten, das sämtliche Geld. Die ausgeräumte Jacke wurde beklopft, man entdeckte eine Verhärtung in ihrem Saum. WAS IST DAS. Was konnte das sein, ich wußte es nicht. Durch ein Loch in der Tasche kam ein Schlüssel ans Licht. Es schien der Schlüssel einer Spieluhr zu sein, die ich Caroline geschenkt hatte ohne das Ding. Ich erwähnte die Spieluhr, sie rief kein Lächeln hervor. Der Beamte blieb stumm, kein Glauben entlastete mich.

Es folgte ein Verhör, das beanspruchte Zeit. Danach war ich wieder draußen, DIE FRAU war dran. Sie wurde einer Beamtin vorgeführt, danach war die Reihe an Caroline und mir. Einträchtig-verdächtig standen wir im Raum. Der

Inhalt der Taschen lag getrennt auf dem Tisch, von Caroline eine Schachtel voll blauer Pastillen, ein englisches Wörterbuch und ein hölzernes Tier, das aus Polen kam und vielleicht eine Eule war. Ihr Parfüm, ein Taschenspiegel, ein Lippenstift, ein Kamm und wunder was in den Täschchen war.

Es lag an uns, diese Schätze begreiflich zu machen. Der Schlüssel blieb übrig, er hing als Frage im Raum. Caroline bestätigte, überrascht, erfreut, daß die Spieluhr in ihrem Besitz ohne Schlüssel war. Unser kleines Vergnügen übertrug sich nicht. Wo wollten wir hin. Eine Tour zu den nördlichen Seen, den Ort und die Route hielt ein Visum fest. Kontakte im Staat? Verabredung wo, mit wem? Was hatte der Schlüssel mit unserer Reise zu tun.

Er hatte nichts zu tun, er war arbeitslos, und hing ohne unser Wissen im Jackensaum. Der Filou hatte einen Ausschlupf zum Anlaß genommen, sich abgesetzt, darin ein Vergnügen gefunden – Erfolgserlebnis für ein bescheidnes Ding.

Und das Markstück der Landeswährung, was war damit. Erklären Sie mal, wo kam das Markstück her.

Es kam von früheren Aufenthalten im Staat, da war es vermutlich aus der Tasche gehüpft, aus

Neugier, ohne Absicht der Landesflucht. Es war am Boden des Wagens beschlagnahmt worden, es hatte sich dort verkrümelt hatte es sich. Es hatte sich währungsfreie Ferien versprochen, ganz ohne Bedenklichkeit, ohne Plan und Ziel.

Man ließ uns ohne Papiere im Raum allein. Wir warteten wieder, entdeckten RAUCHEN VERBOTEN, und hockten wie Schulkinder auf dem amtlichen Tisch. Kein Sitzverbot hielt uns ab, mit den Beinen zu baumeln, wir entdeckten kein Lachverbot, keine Flüsterbeschränkung, keine Warteanweisung, kein SORGLOSIGKEIT UNTERSAGT. Der Schlüssel, der Schlüssel war da und wir durften warten, auf unsre Papiere und seine Beglaubigung.

Und dann? sagte Caroline, was war mit dem Schlüssel?

Anachronismus der Dinge! Anarchie! Was könnte verdächtiger sein als das kleine Ding, ein staatenloses Ding in Privatbesitz. Der Schlüssel, erfahren wir, wird zurückerstattet, wenn wir vor Mitternacht die Grenze passieren, an gleicher Stelle, und immer noch vollzählig sind. Dann wird uns das konfiszierte Ding übergeben, von der Liste gestrichen, und wir sind frei.

Es ist die Geschichte dessen, der im Plunder lebt.

Er ist der Inhaber eines verbrauchten Lebens, eine graue Erscheinung am Rand der bestätigten Welt. Wie sich die Maus, nur der Katze vernehmbar, mit ununterbrochnem Gewisper bewegt, so bewegt sich der Irrlichtmensch mit geräuschlosem Reden. Seine Lippen bewegen sich (er weiß es nicht) zwei halbe Wortlaute hinterm Vergessen her, im Wiederkäuen verworrener Wesensgeräusche, die der Plunder seines Gedächtnisses sind. Er wird nicht angesprochen oder begrüßt, wie könnte er damit rechnen, er ist allein und macht den Eindruck, es immer gewesen zu sein. Es gibt ein paar Katzen und Kinder, die er kennt. In jedem Babylon ist er derselbe Mensch. Sein Gang verrät, daß er Zeit hat, er streunt durch die Höfe, sein Blick ist unstet auf den Boden gerichtet oder tastet besinnungslos über helle Gesichter, die nichts von ihm wissen, von denen er nichts erhofft. Ihm ist entfallen, was er glaubte und hoffte, er hat vergessen, daß er geboren ist. Er ist ein paar Tode älter als alterslos, er hat einen Teil seines Sterbens hinter sich. Er ist zu Hause, wo man ihn leben läßt, die Vielfalt gesammelten Plunders ersetzt ihm die Welt. In Momenten der Freude lacht er für sich allein, er schüttelt den Kopf über soviel eigenen Witz, der im Bodensatz des Gedächtnisses Sprünge macht. Da erkennt er die Menschen, Tiere, Fahrzeuge wieder (sogar die Städte, die Landschaften und das Meer) und glaubt sie in sein Vergnügen eingeweiht. Da weiß er, daß er der große Gewitzte ist, der die Welt ohne Ausnahme hintergangen hat. Da ist er der Spießgeselle seiner selbst, der dem Auskehr das Loch in seiner Jacke vermacht.

Sonst hält er sich still, er besteht nicht auf seinem Gesicht. Der Atem nimmt ihm den Willen zu leben ab. Sein Name erscheint ihm vertraut, er gebraucht ihn selten, der geht nicht weit über ihn und sein Paßbild hinaus. Die Selbsterkenntnis hat ihn zuletzt bemerkt, als er nachts in den Kinnbacken Babylons Dünnbier trank. Seine Höhle ist irgendwo, ein Heim, ein Asyl, Gewähr für den Schlaf, ihm genügt, daß er eine hat. Dort versteckt er sich vor dem Raum, der die Welt beherrscht, dort legt er den Wind, den Dreck und die Unruhe ab. Zur Sonne geht er gern ein paar Schritte hinaus, vergißt sich in ihrer Wärme, er spürt: sie bejaht ihn. Von seinesgleichen weiß er, daß es sie gibt, und daß er in Pinten mit ihnen zusammenkommt. Menschliche Güte macht ihn fassungslos, er begreift nicht den Gruß, das Trinkgeld und wendet sich ab. Er kann, was er weiß, nicht zu seinem Vorteil gebrauchen. Sein Wissen wird unbrauchbarer von Nacht zu Nacht.

Die Taschen sind von kleinem Plunder geweitet, die Hose ist grau, die Schuhe sind ausgetreten, doch steht er noch weit vor der Auskehr, er bettelt nicht. Von Bettlern und lichtscheuen Leuten hält er sich fern, nach einer Kippe hat er sich nie gebückt. Vor dem Hochmut der Glücklichen schützt ihn ein Rest von Stolz, den weltverbessernden Leuten entzieht er sich schlau. Sein Hals ist dünn, sein Bart eine schüttere Bürste, er hat von Schlips und Kragen Abschied genommen, vielleicht einen Anzug versetzt, einen Hut verkauft. Er besitzt das absolute Gehör für die Stille, in der die nicht wertgehaltnen Dinge verschwinden, den uneingeschränkten Blick für das Aussortierte, und ein grenzenloses Verständnis für Kram und Gerümpel, für Abfall, Zeug und Spielzeug, für Sperrmüll und Schimmel, und für das Ding, das der Rost sich zu eigen macht. Ein Schnapsglas verschafft sich Geltung in seinen Augen, ein Regenschirm macht ihm Mut, ihn an sich zu nehmen, ein Schlüssel verspricht ihm Geheimnisse ohne Inhalt. Eine Flasche mit Kopfverschluß bietet

Pfandgeld an. Ihm gefallen beschädigte Puppen und beinlose Stühle. Er sammelt Serviettenringe, Bleistifte, Kerzen. Er nimmt das Rad eines Kinderrollers zu sich. Er rettet Matratzenknöpfe, er gibt nichts verloren. Im Sammeln und Verscherbeln erfährt er sein Glück. Er ist der Beato Santo der Unwichtigkeiten, seine Höhle ist voll von ihnen und ihrer Bedeutung. Sie verscheuchen die Langeweile, ihr Anblick macht sorglos. Sie erlauben ihm, erfolgreich beschäftigt zu sein, mit einer Zahnbürste reinigt er Schnallen und Uhren. Er sorgt für ihr Überleben, er rechnet damit, daß die Zukunft, was immer sie sei, sich der Dinge entsinnt. Sie erhält ihren Stoff aus der Zeit, also auch von ihm, er hat ihr was zugespielt, sie kann es gebrauchen. Von seinem Verzicht auf das Zeug kann die Zukunft nicht leben. Sie lebt davon, daß er Abfall zu Plunder erhebt.

Er sieht sich um in den Bibliotheken derer, die alles lesen, was kostenlos zugänglich ist. Im Reisebüro steckt er bunte Papiere ein, die Faltblätter und Broschüren, Prospekte und Listen, die Sonderangebote der Länder und Meere. Er sammelt liegengelassene Zeitungen ein, er nimmt sich der Schriften an, die ZUM MITNEHMEN da sind – Traktate, Heiligenbilder und

Kirchengeschichten. Er bemüht sich um handverteilte Nachtclubreklamen, er forscht in den Abfallkörben der Boulevards. Die Dinge verflüchtigen sich oder werden verworfen. Der Plunder wechselt, ein Plunder ist immer da.

Am Morgen entdeckt man: ein stiller Mensch ist gestorben, allein und geräuschlos, in einer Festung aus Kram. Sein beispielloser Kram, nach wie vielem Verbrauchen, kommt zu neuer Auferstehung in fremden Besitz. Das Tandaradei der Dinge setzt sich fort, überlebt mit gutem Gewissen, streut sich aus. Ein beschrifteter Zettel ist der letzte Beweis – für irgendetwas, das auf Papier geschah.

*Caroline berichtet,
wie es zum Plunder kommt.*
(Zweite Geschichte)

Bei der Firma PLAISIERE & SURPRISEN GmbH war ein Vergnügen in Auftrag gegeben, was Ähnliches wie eine Gaudi fürn Rummelplatz, ein kollektiver Geburtstag für LIEBLICHE BERGE (Kinder, Gaukelburschen, Sonntagsnasen). Die Bestellung kam aus Triest und sollte per Eisenbahn hin. Die Firma befand sich ungefähr in Turin und war für ihre ARRANGEMENTS berühmt. Man lieferte Kokolores und Kinkerlitzen, Feuerwerke und Zauberzeug jeder Richtung, Konfetti tonnenweise und Nasen aus Pappe, Nasenringe aus Kaugummi und Lakritze, Glocken, Pfeifen, Freikarten, undsoweiter.

Was hieß undsoweiter? War das schon genug? Wurden, zum Beispiel, Imbisse hergestellt?

Natürlich wurden Imbisse mitgeliefert. Popcorn, Puffreis und Zuckerwatte in Tüten, mit Confitüre gefüllte Kuckuckseier, kilometerlange Wurstketten, Brezeln und Waffeln, in Butter gebackne Pommfritzen und Klassebouletten. Es wurde Eiscreme in allen Farben geliefert, und zerbeißbares Glas mit Himbeergeschmack.

Während die Surprisen verladen wurden – gab es nicht entsetzlich viel Publikum? Wurde nicht abgeriegelt und aufgepaßt? Carabinieri mit Veilchensträußen am Hut?

Natürlich nicht, der Bahnhof war eintrittfrei, ein abgeriegeltes Publikum gab es nicht. Schaulustigkeit mit Elsternaugen, Schmarotzer, Mundräuber, Taschendiebe. Es gab ein speiseeisfressendes Publikum und zehntausend Luftballons über Turin.

Stimmte die Auskunft der Feuerwehr, daß die Ware ehrenamtlich verladen wurde?

In guter Zusammenarbeit mit der GLE.

Das war die Gewerkschaft LICHTSCHEUE ELEMENTE?

Natürlich, es halfen auch arbeitslose Ganoven. Unter Begleitmusik fuhr der Güterzug ab, es spielte das Blasorchester der Polizei. Während der Zug, eine Raupe von vierzig Wagen, durch die flache Gegend nach Osten fuhr, bereitete sich die entscheidende Wende vor.

War ein Wendepunkt im Geschehen nötig? War die Geschichte nicht narrensicher verpackt, auf dem besten Weg in ein Happy-End?

Wohin auch immer, sie war auf dem besten Weg. In der Nähe von Vercelli, nicht weit vom Bahndamm, und seit Stunden in einer Geflügelfarm versteckt, warteten Carla und Carlo mit ihren Komplizen. Carla und Carlo waren Terroristen, die weder besonders gesucht noch gefürchtet wurden. Sie waren ein guter Begriff von Palermo bis Bozen, und ihre Sonntagstaten waren beliebt.

Eine Elite von Edelgenossen? Kultivierte Italobanditen mit Feingefühl? Maschinengewehre und Bomben nur zum Spaß?

Jedenfalls ELEMENTE waren sie nicht. Über-

zeugte Repräsentanten der NEUEN VER-
NUNFT. Carla war eine Schönheit aus besseren
Kreisen und Carlo sah wie der Dichter Campana
aus. Er kam aus dem Bauch von Milano und war
Gitarrist. Die ganze Bande war musikalisch be-
gabt, und Steckbriefe oder sowas besaßen sie
nicht. Ihre Jeeps und Lastwagen waren gut versteckt, in geflügelfreien Remisen der Wirt-
schaftsgebäude. Die Farm lag nicht weit von
einer Weiche, dort stand der Geflügelbahnhof
am Nebengleis. Die Weiche wurde nach Zeit-
plan umgestellt, der Zug fuhr aufs Nebengleis
und hielt überstürzt. Zwei Lokführerköpfe erschienen, was war hier los. Carla kletterte in die
Elektrolok und behexte die ehrlichen Häute mit
ihrem Charme (sie nahm pro forma ein kleines
Schießeisen mit). In der Zwischenzeit räumte
man den Güterzug aus oder brachte die Fahrzeuge an den vereinbarten Platz.

Jedenfalls war das eine ihrer Geschichten. Ob
dieser Überfall zwingend notwendig war? Man
konnte das auf friedliche Weise beschaffen, die
Pläsiere, Surprisen, das Speiseeis.

Du verstehst das nicht, es war der friedlichste
Coup, und natürlich der billigste Zugang zum
Zauberzeug. Es wurden ja nicht die gesamten
Surprisen gestohlen. Die Hälfte wurde kassiert

und in Eile verladen, von jeder Ware die Hälfte so gut es ging. Ein berechtigter Überfall mit vernünftigen Folgen. Denn es war ja nicht so, daß die Bande bloß raffte und klaute, man hatte sich vorher darüber Gedanken gemacht. Die gestohlene Ware wurde weggefahren und nach Wert und Gewicht durch Geflügelkörbe ersetzt. Die Hälfte der Bande schleppte Surprisen heraus, die andere Hälfte Geflügelkörbe hinein. Du mußt doch zugeben, daß das stilvoll ist.

Ich gab es zu: der Coup hatte Stil. Er war à la Caroline in Scene gesetzt.

Weil die eine Hälfte der Bande zum Güterzug eilte (Geflügelkörbe sind kein Leichtgewicht) und die andre vom Güterzug weg zu den Lastwagen rannte – da blieben Zusammenstöße natürlich nicht aus. Carla mit ihrem Charme hatte viel zu tun, die Eisenbahner in ruhiger Form zu halten. Sie sollten nicht Zeugen einer Scene sein, die spontan, aber stilwidrig über die Bühne ging. Die Geflügelkörbe und die Konfettisäcke – du ahnst, daß der Coup hier ins Schleudern geriet. Zerbrochne Geflügelkörbe und flatternde Hühner, geplatzte Konfettisäcke, zertrampelte Pfeifen, die Federn, der Staub, die verstreuten Surprisen, das zerlaufende Speiseeis und die rutschenden Füße.

Die Geflügelkörbe, war das legal geplant, oder hatte man die beim Geflügelfarmer geklaut?

Solche Fragen machten ihr nichts aus. Das Federvieh flatterte über die Güterwaggons, durch Hecken und Pappeln in das Land hinaus. Konfetti VERDUNKELTEN DIE AUGEN DER SONNE, man atmete Staub, Konfetti und Federchen ein. Die Surprisen lagen entzaubert im Bahnhof herum. Carlos' Erscheinen hielt das Desaster auf. Man wartete, bis sich die Nerven beruhigt hatten, der Staub verflogen war, das Federvieh schwieg. Dann schaffte man lässig, in wiedergefundner Routine, die Waren und Gegenwaren an ihren Platz. Carla übergab, mit dem Rest ihres Charmes, den Eisenbahnern ein nettes Billett für Triest. Der Güterzug setzte zurück, man sprang in die Wagen, verließ den Ort des Erfolgs im letzten Moment. Die mit Hühnern bevölkerte Landschaft, der staubige Bahnhof, die verstauten Surprisen, das ist eine andere Geschichte. Es ist das Chanson vom Bahnhofsbesen, die Arie vom Dorfpolizisten mit seinen Fragen, der Song vom Erfolgserlebnis der Kinder und Diebe, die Romanze von Carla und Carlo, das Lied auf den Plunder.

Ein Wort verändert die Zeit. Das Gedächtnis springt auf. Geräusche fallen ins Ohr, ein Schauplatz erhellt sich (mit der Schärfe des Meerlichts an einem stürmischen Tag). CHIC BAR, ein Name, den Caroline erwähnte, er schien ohne Grund gesagt, ich fragte nach ihm.

Sie lebte auf Korsika, an der Küste des Südens. Ein Hafen in windstiller Bucht, von Felsen umstellt, eine Häuserzeile an Kähnen und Yachten entlang. Eine Busstation, ein Zollamt, Hotel und Bar. Darüber, auf Fels gesetzt, eine alte Cité, steinerne Treppen führten steil hinauf, durch Schlinggewächse, an Höhlen und Mauern vorbei, genuesische Festung mit Toren voll Schwalbenschrei, bemoosten Türmen und hölzernen Toiletten (eckige Ärsche in den Raum hinaus). Aus hundert Metern Höhe fiel Kot in die Brandung. Der Fels stand senkrecht in das Meer geschoben, Gestalt eines Backenzahns, und schwitzte im Licht. Die Brandung verschwappte in unzugänglichen Grotten, Nordwind durchströmte das Licht mit großer Kälte, röhrte im Hintergrund des offnen Raums, als begleite er die Geburt eines neuen Gestirns. Er beheulte den nackten Fels, durchrannte Arkaden, verschlang die Geräusche der Straßen und war ihr Freund. Landeinwärts zog sich steiniges

Buschland hin, mit Gärten, Kartausen, Ställen und Wegen voll Sand.

Im Süden, hinter der Meerstraße voller Inseln, lag die Küste Sardiniens, Gallura, in breiten Massiven, von Sturmlicht bloßgelegt, verschlungen von Hitze, mit la Corse verbunden durch LOKALVERKEHR. Der schickte an ruhigen Tagen ein Dampfschiff herüber (bei aufgewühltem Meer fiel die Linie aus). Caroline saß auf der Mauer des Felsbalkons, nicht weit von der Bar, und wartete auf das Schiff. Es schleppte sich gegen Mittag aufs blanke Meer, entschlüpfte der Gegenküste, ein weißer Punkt, kroch Stunden später am Fels vorbei in die Bucht und machte, tyrannisch pfeifend, vorm Zollamt fest. Nichts sonst geschah im Ort für den Blick des Touristen, eine Möbelvertretung aus Nizza oder Marseille, ein Filmtheater CASINO aus Holz und Plüsch, ein Restaurant, drei Bars und verschiedene Läden (Fliegenschwärme über blauen Feigen), ein alter Gemeindediener mit Megaphon (es ertönten Lokaltermine und Kinoreklamen). LA SABBIA-Musiken durchschallten die Tage. Gräten. Abfallhaufen, ein streunender Hund.

Sie bewohnte ein Haus im Zentrum der Cité, fünf Stockwerke hoch, ohne Wasser, verfallen, leer. Auf Straßenhöhe ein Maultier in feuchtem Gewölbe, die Räume zum Himmel hin gehörten ihr, auf steilen Stiegen erreichbar, verstaubte Gardinen (mit hölzernen Ringen an einer Stange befestigt, weinrote Tücher vor gesprungenem Glas). Ein Bett, ein Stuhl, ein Tisch zwischen rötlichen Wänden. Zwei Luken unter dem Dach mit der Sicht aufs Meer.

Die Nacht schien Erde, Wasser und Luft zu gehören. Dunkelheit füllte den Raum auf vertraute Weise, Lampen der Fischerboote und Wind in Zypressen. Sie wußte von Schmuggelgeschäften auf schnellen Booten (italienischer Cognac, Tabak, Kaffee), von unzugänglichen Grotten der Leuchtturmklippe; sie kannte den nächtlichen Donner und seine Bedeutung, entfernte Detonationen auf offenem Meer – Piratenfischfang, Dynamit im Wasser, ins Licht gelockte Schwärme, zerrissene Kiemen. Das erklärte Verkrüppelungen aller Art, Männer ohne Arme, halbierte Gesichter, auf Stühle gesetzte, in Wagen geschobene Körper, die nicht beachtet im Schatten der Hauswände schliefen.

Auf der Höhe des Felsens befand sich die Garnison, daneben der Friedhof, verödete Steine im Licht, Fahnenstangen und Kreuze klappernd im Wind. Baumlos, staubig und gelb, ein Karree von Kasernen, Gelände der Fremdenlegion im Besitz der Armee, mit Militär belegt, eine Ausbildungshölle, arabische Soldaten in freudlosen Haufen, französische Offiziere mit knappen Gesichtern, Clairons und Pfeifen im windigen Abend des Meers. Man sah sie zu Hunderten singend im Buschland verschwinden, und singend nach langen Manövern zurückmarschieren, in schweißnassen Uniformen, erschöpft und verachtet, vorbei an der Bar, in die Sperre der Garnison. Sie lernte sie kennen in den Bars der Stadt (sie waren nur dort und auf der Straße erwünscht), MÄNNLICHER ABSCHAUM EINER DRECKIGEN RASSE, mißachtete Domestiken der GRANDE NATION, Kontakte zu Frauen verboten, kein Puff, kein Tanzclub, Gesichter voll Haß und Härte, verbissen, stolz. An den Wochenenden schwärmten sie aus, besetzten die Bars, flanierten zu zweit am Meer. Sie erzählten, was bevorstand, der Krieg in Algerien, man wurde dort seinen Landsleuten vorgesetzt, von Kolonialgehirnen zur Schlachtung gezwungen, zum Selbstmord trainiert, zum Brudermord stark gemacht. Der Tod schien unabwendbar, er wartete nur. Wer den Krieg überlebte, verschwand im eigenen Land, von arabischer Seite zum Verräter erklärt. Gejagt, massakriert, zu Tode verachtet. Sie tranken, von Korsen gemieden, in jeder Bar. Angst, Ohnmacht und Langeweile unter sich.

Sie sprachen mit Caroline, sie hörte sie sprechen, sie tranken mit ihr, Caroline war keine Französin. In wortkargen Monologen entstand ihr Leben, der Haß auf die Offiziere war wortlos da. Sie zeigten Bilder von Frauen, sehr großen Familien – Rekruten, die alles vermißten, was Hoffnung hieß. Sie vermißten Freiheit, Würde und faire l'amour. Sie entbehrten Gefäße, Farben, Gewürze und Stoffe, es fehlten die Feste, die Nahrung, die Religion. Im korsischen Hinterland, in Mißachtung und Drill, schien von ihnen nichts übrig als der erstarrte Haß.

Caroline lud ein, die sie kannte, sie kamen ins Haus (für sie das einzige offene Haus am Ort), zögernd, lange verlegen, danach von selbst. Caroline wurde respektiert, sie kannte die Namen, man tauschte Adressen, sie bot ihren Cognac an. Sie verschliefen ihre Räusche in leeren Zimmern, sie liebten das brüchige Haus und die billigen Gläser, die persönlichen Sachen in ihm, das private Erzählen, Männer hungrig nach selbstverständlichen Dingen, natürlicher Umgebung und Sympathie, freudlos Existierende ohne Vertrauen, von wesenlosem Dasein an nichts erinnert, in chronischer Entbehrung und ohne Chance.

Sie verschwanden über Nacht in schnellen Transporten. Kein Korse schien etwas zu wissen, der Ort war leer. Die Garnison stand verödet in Staub und Licht, ein Jeep, zwei Offiziere, ein streunender Hund. Fahnenstangen und Kreuze klappernd im Wind. Ein neuer Haufen erschien in schnellen Transporten, sie betrachtete den Konvoi vom Cafétisch aus – CHIC BAR – und reiste nach wenigen Tagen ab.

Ich erzähle ihr die Geschichte vom ULIKI.

Ein Mädchen wünschte ein Kind und war schwanger geworden. Die Götter, die vieles wissen, erkannten sofort, daß das Kind für ihre Sache gefährlich war. Sie verdächtigten ohne Ausnahme jedes Kind, im Besitz der Wahrheit zu sein und sie weiterzusagen. Die Wahrheit blieb besser im dunkeln, sie lebten davon, als heilige Wahrheit gefürchtet zu sein. Sie waren allesamt die gefräßigsten Schufte, mit Schweineaugen und Rüsseln im Gesicht, sie hatten die Leute auf Erden sitzengelassen, amüsierten sich darüber und lachten sie aus. Sie liefen herum mit

Leibwächtern und Pistolen, mißtrauten einander, mißtrauten den Tieren und Toten. Die Menschen waren wie Ratten, alle gleich, und Ratten sind bissig, wenn es gefährlich wird.

Sie besaßen die Macht, das Kind zugrunde zu richten, doch war ihre Bosheit stärker, sie ließen es leben, sie sorgten dafür, daß es keine Gefahr für sie brachte, sie freuten sich auf das Erscheinen der Mißgeburt. Ja sie freuten sich, denn sie hatten mal wieder verhindert, daß die Wahrheit (und nichts als die Wahrheit) in Umlauf geriet. Sie freuten sich auf das Entsetzen beim Anblick des Kindes. Sie waren der eignen Schläue teuflisch froh.

Oho, das hatten sie gründlich angerichtet! Das Kind kam zur Welt, und hatte keinen Mund. Es war gesund, aber stumm, es weinte nach innen, es atmete durch die Nase und konnte doch leben, und an der Stelle des Mundes war pralle Haut. Dem Entsetzen der Leute blieb keine Zeit. Sie riefen den Doktor, der untersuchte das Leben, und schnitt, wo der Mund sein sollte, ein Loch ins Gesicht. Da zeigte sich, daß das Fleisch eine Höhle geheimhielt, wo anstelle der Zunge ein Zäpfchen wuchs. Die Wunde heilte aus, das Kind konnte leben. Es schluckte, lallte, weinte, es schnarchte und schrie.

Das Kind war nicht schön, ihm fehlten Lippen und Zähne, doch es teilte die Welt mit allen, das Kind war da, ein Mädchen, das mit Augen und Händen sprach. Der Mund konnte Laute bilden, er machte Geräusche, er spielte Geleier und Singsang und atmete Töne. Das Kind wuchs auf, es lebte wie alle Kinder, es lernte hören und sehen, doch sprach kein Wort. Dem Kind wurde vorgesprochen, es ahmte nach, es verkrümelte alle Wörter zu kleinem Geräusch. Es zeigte einen Stein und nannte ihn Ei, der Baum hieß Au oder Mm, der Wind hieß I, und der Ofen verwandelte sich in ein langes O. Die Sprache des Kindes war arm, doch was konnte das schaden, da zwischen dem Kind und der Welt nichts zu fehlen schien. Nichts zwischen ihm und dem Tag, zwischen ihm und der Nacht. Es hatte Beine und Füße, es lief auf dem Boden, es hatte Hände, faßte die Dinge an, es hatte Augen zu sehen und Ohren zu hören, es lachte, es atmete frei in der ganzen Luft.

Es wurde UNSER LIEBSTES KIND genannt, und wiederholte die Wörter mit seinem Geräusch. U-LI-KI, Uliki, das wurde der Name des Kindes. Uliki, Uliki, es hatte sich selbst getauft. Man war unter Göttern verstimmt über diese Entwicklung. Die Leute bemächtigten sich des eignen Schicksals, man gebrauchte die Welt, wie sie war, man half sich selbst. Noch jedes Kind war der Wahrheit auf der Spur, auch wenn es nur ihr gerupftes Schwanzende hielt. Uliki half sich selbst, es begann zu malen, es wurde klüger, lernte mit Kreide zeichnen, dann Zahlen zusammensetzen und Buchstaben ordnen. Es schrieb, was es wußte, auf alle verbotenen Flächen, bemalte die Böden und Wände mit eigenen Zeichen, benannte das Aufgemalte mit seinen Geräuschen, rief wortlautlose Namen in jedes Ohr. Ihm wurde geglaubt, denn es konnte alles beweisen. Das gemalte Haus war im narbigen Mund ein Singen, und als es größer wurde, ein Wort auf Papier.

Das beschämte die Schläue der Götter. Sie waren verstimmt. Sie erreichten das Gegenteil dessen, was sie bezweckten. Vor ihrer Nase sprang ein ULIKI herum, das zeichnete ihre Spottbilder an die Wand. Sie beschlossen, es sterben zu lassen, bevor es zu spät war. Uliki wurde krank, es malte nicht weiter. Die Hände waren gelähmt, da begann es zu singen, es lallte und lachte sein Leben in die Welt. Sie ließen es schneller sterben, Uliki verstummte, die Augen verschleierten sich, die Ohren ertaubten. Die Götter freuten sich, und wie sie sich freuten.

Uliki verschwand in sich selbst. Es starb ohne Laut.

Nein, sagte Caroline.

Wenn sie die Geschichte erzählen würde, dann lebte Uliki, es wurde nicht krank. Caroline warf die Götter aus der Geschichte hinaus (was hatten denn die mit Uliki und uns zu tun). Sie ließ das Kind, wie es war: es malte die Bilder, es wuchs, wurde stark und schrieb auf, was es wußte. Es imitierte die gewöhnlichen Wörter, der Mund machte unübersetzbare Sprachen daraus. Es waren Sprachen, die das Gedächtnis lernte, um mit dem Alter der Welt im Gespräch zu sein. Vor ihnen nahm das Vergessen in Eile Reißaus.

> uliki okoku ra rau ra ru
> nanu nanan nanasch ch ch
> uch – u! uch – u! uliki uch – u!
> owow nanasch uliki nanasch

Es hintersang die Reklamen und Wörterbücher, die Ansprachen, Predigten, Vorträge und Parolen. Es erfand den kreatürlichen Plunder der Laute, der machte die Sprache aller Wesen wahr. Die kam der Wahrheit so nah wie nur irgendeine, die klang in den Ohren der Luft wie

Kuckuck und Wind. Und das, mein Freund, ist das Ende der Geschichte. Alles andere ist falsch.

Es ist die Geschichte dessen, der den Plunder verachtet.

Er weiß nicht, was er verachtet, er kennt es nicht. Er sieht ein buntes Holzpferd mit keinem Blick. Sein Kontakt zu den Dingen besteht aus Abschätzverfahren, durch die das nicht schätzbare Ding nach unten fällt. Es befindet sich dort in der unbekannten Etage, die der Sickergrube am nächsten ist. Es hat sich der Wertbestimmung durch ihn entzogen. Es macht sich entbehrlich in der Öffentlichkeit.

Er macht sich im Vordergrund ohne Anlaß bemerkbar und verschwindet in Ignoranz, wenn ihn dort nichts hält. Sein chronischer Selbstbetrug erfordert Methode (nicht Pferdchen aus Holz oder Murmeln der Kinderspielplätze), die seinen Abgrund vor Erkenntnis schützt. Sie versteckt Entsetzen und Zweifel im Nicht-Bewußten (Vergeblichkeit ist ein Thema nicht für ihn). Eine Tontopfscherbe erinnert ihn dunkel an nichts, wenn das Nichts zu erinnern wäre, an seinen Tod. Er bestückt das Schaufenster seines Seins mit Schein, das attraktiv und immer vergleichbar bleibt, falls es unvergleichlich sein sollte, dann macht das der Wert: er hat eine venezianische Gondel gekauft. Er lebt in Erscheinungszwängen, doch mit Bravour, und was ihm dort nützt, wird jederzeit angeschafft: Maitressen und Klassiker, Fahrzeuge, Moden und Namen und was eine Konversation bewältigen kann. Er fördert gern, er stiftet in glaubhaften Grenzen, er tut was für Forschung und Kunst und läßt sich beraten. Er ist im Berufsleben eisern, als Liebhaber tüchtig, als Bürger grundsätzlich (die Hobbies sind liberal).

Sein Fall könnte in der Illustrierten verschwinden, wäre der Plunder nicht ein Maßstab für alles, was er NICHT verkörpert und NICHT in Erwägung zieht. Er ist der Charakter nach Vorschrift, getrimmt und begradigt, und so selbstgeprägt, wie der Kompromiß erlaubt. Er vertritt alles Angepriesene unbesehen, übernimmt es en gros und setzt es gewinnbringend um, als Ware, Gesprächsthema oder Dekoration. Falls der Plunder gepriesen sein sollte, dann schätzt er den Plunder. Er schafft ihn in unglaubwürdigen Mengen an (er füllt seinen Raum mit allem, was statthaft ist). Der Raum, der die Welt beherrscht, wird von ihm verplant, von ihm finanziert, zerstört und unkenntlich gemacht. Der Raum, den er selbst behauptet, wird aufgefüllt, auf ihn zugeschnitten und teuer unkenntlich gemacht. Er ist der Zeitgemäße in allen Formen, der Aufsteiger, der Tycoon, der dynamische Mensch, und der Plunder ist das, was er ausscheidet ohne Bedauern. Er gehört dem Typ, der sowas für positiv hält. QUANTITÉ NÉGLIGEABLE, das Wort scheint ihm nichts zu bedeuten, doch er denkt es auf seine Weise vom Clubsessel her.

Er ist derselbe Charakter in jeder Gesellschaft, er kann auch als MENSCH VON KULTUR derselbe sein. Hinfällige Dinge sind seinem Ehrgeiz zuwider, für solche Spiele sind Frauen und Freundinnen gut, private Nichtigkeiten, verschwärmte Interessen, in der abgehobenen Form komfortablen Lebens. Seine Frauen sind ganz entzückend mit solchen Sachen, und er bringt, was er dafür hält, zum Rendezvous mit. Er sieht: sein Geschenk wirkt sich aus, es wird gern behalten, es wirft einen feinen Schatten auch auf ihn. Das findet er rührend, auch typisch, und weiß nicht recht.

Er altert erfolgreich, in angemessener Weise, oder sportlich, verjüngt, im Nachdruck vitaler Interessen. Er hat Resonanz und der Nacherfolg trägt ihn weiter, die Bewußtheit des eignen Namens trainiert sein Befinden. Er war der Tycoon, er ist noch immer derselbe – die Kapazität, der Begriff, die große Potenz – der Einfluß besitzt und mit Stil zur Schau tragen kann. Die Geliebten werden jünger, die Gattinnen älter, und die Selbsttäuschung setzt sich fort in bewährter Routine. Er kann sich erlauben, mit Hinweis auf seine Erfahrung, in gezielter Nuance etwas aufgeschlossener zu sein. Er widmet sich wieder den schönen Dingen des Lebens, das kann auch der Plunder sein, falls man ihn empfiehlt. Von seinen Kindern erfährt er, daß Spielzeuge schön sind, er verschickt sie im Auftrag, bringt sie persönlich hin. Er delektiert sich an unzeitgemäßen Freuden, er kann es sich leisten, so menschlich wie möglich zu sein. Beruf, Karriere und Staat, der Stress und die Pflichten, das alles liegt hinter ihm, er hat jetzt Zeit. Er ist sein Leben lang im Aufstieg begriffen. Er verläßt die Zeitgeschichte in guter Form.

Sein Erbe wird fortgesetzt von denselben Interessen, der Plunder in seinem Nachlaß verschwindet schnell. Er entzieht sich auf lautlose Weise, zerstreut sich im Nirgend, und taucht als befreiter Gegenstand wieder auf, ohne Tätowierung durch ihn, von nichts beschwert.

Ich schenk dir ein Stückchen Kreide, da bist du froh.

Der Plunder ist nicht für jeden, sagt Caroline. Der Mensch, der den Plunder nicht kennt, muß instinktlos sein. Es ist der Charakter dessen, der nichts von ihm weiß.

Das kann der Fanatiker sein, der Demagoge, der Reichste der Reichen oder der Ärmste der Armen, der Söldner, der Pflichtbetonte, der Funktionär. Er wird als Banause, Stockfisch und Spießer bezeichnet. Er ist humorlos, aber wer weiß weshalb. Er ist so dumm, daß die kleinsten Schweine ihn beißen. Er kann so betrübt wie der alte Hiob sein.

Er kommt in allen Kulturen und Klassen vor. Giftpilz! Ekel! Schweinenatur! Er rächt sich an Gott, er verachtet das eigene Dasein, er verkommt in Nüchternheit oder säuft sich zu Tode, er weiß zuviel von sich selbst oder nichts dergleichen, er hat seine Kindheit verloren, er sitzt im Loch.

CAFARD ist alles, was er behaupten kann. Er ist kein Galgenvogel, er ist kein Kind.

Ohne Plunder! Zum Teufel, wer ist der Mensch.

Sie machen Plunder aus allem, sagt Caroline. Sie wissen, daß etwas Totes nicht möglich ist. Sie bohren mit einer Gabel im Bauch der Puppe, sie legen den toten Vogel ins Kästchen aus Kirschholz. Sie geben dem Stiefel die Chance, das Maul aufzureißen und lassen die eigenen Zehen als Zähne erscheinen. Sie haben immer, auch nachts, ein paar Dinger greifbar, die in der eigenen Schatzkiste heimlich sind – Pfennige, Knallbonbons und zum Beispiel ein Fläschchen, in dem die Weinbergschnecke getrocknet wird. In ihren Taschen vermehrt sich der Plunder, Fundstücke aus dem Hof und Gardinenringe, Rosinen und Abziehbilder in klebriger Preßform, und was man bei Licht von NICHTS unterscheiden kann. Sie nehmen ihn mit ins Bett, warum nicht ins Bett – wenn keiner aufpaßt, ist der Plunder drin. Sie elstern durch das Paradies der Dinge, ihr kleiner Diebstahl macht die Dinge froh: sie erwachen als Plunder. Sie graben ihn ein und graben ihn aus. Malen ihn an und baden die Farbe weg. Reißen ihn auseinander und stopfen ihn voll. Heilen ihn mit Spucke, Klebstoff, Schnur.

Sie sind die Meister, die das Plundern lehren. Sie sind die Meister.

Der Plunder ist etwas Heiteres, sagt Caroline.

Er verkörpert Gelassenheit, Unsinn, Freude, er vermittelt Vergnügen und Sorglosigkeit. Er besitzt die Würde des Zwecklosen und des Verbrauchten. Er enthält keine tiefe oder flache Moral, keinen bitteren Ernst, keine manipulierte Bedeutung. Er meldet keine falschen Ansprüche an. Sonore MEMENTO MORI sind ihm fremd. Die finstere Arie des Predigers Salomo – ALLES IST EITEL – wird von ihm in Dur und auf lässige Weise gesagt. Er ist kurios, ohne lächerlich zu sein; alt mit der Patina, die die Zeit verleiht; neu ohne Glätte, schön ohne Eitelkeit; bescheiden ohne Sanftmut und Resignation; verspielt oder albern ohne Aufdringlichkeit; bezaubernd und lustig, ohne adrett zu sein. Er stellt Bombast durch Übertreibungen bloß, Erhabenheit durch unfreiwilligen Witz. Er ist als Nippes mit sich einverstanden, er freut sich darüber, ganz aus Kitsch zu sein. Er ist als Souvenir in der besten Verfassung, belebt das Gedächtnis, hält die Erinnerung fest. Er ist nicht bezweifelbar, er wird geliebt. Er ist, wo man lacht, unfehlbar am richtigen Platz.

Er verkörpert weder Weisheit noch ethische Werte, er ist nicht national oder religiös, romantisch, nostalgisch, historisch, das kennt er nicht.

Von Weltanschauungen läßt er sich nicht verführen. Er beglaubigt die Weltgeschichte vom Endpunkt her. Er ist auf die amoralischste Weise heiter, so amoralisch kann nur der Plunder sein. Er bringt als Parole die mächtigsten Sätze zum Schwanken. Er bedient sich der falschen Töne, um wahr zu sein. Er schlüpft ins Klischee und kitzelt es freundlich zu Tode. Er hilft der Literatur, sich selbst zu jurieren, er gibt der Kunst eine Chance von Komik zurück. Er enthüllt Geschmack oder Schwächen der Hohen Tiere, makuliert ihre Vorzeigewelten und lacht sich frei.

Der Plunder ist zu beneiden, sagt Caroline.

Er nimmt sich aller Materien und Stoffe an. Er plustert sich, wenn er Lust hat, mit falschen Federn. Er ist so unbekümmert wie eine Lerche. Er ist das verdinglichte Gottesnarrentum.

Es gibt den Menschen, der ihn falsch versteht. Er verherrlicht ihn, verfälscht ihn zur Ideologie, die jede Ideologie außer Kraft setzen soll. Ihn tröstet der Plunder. Er läßt sich von ihm zu der grauen Behauptung verleiten, daß alles vergänglich, also sinnlos sei. Das tut seiner Schwäche gut und stimmt ihn versöhnlich, es besänftigt sein Unbehagen vorm eignen Kotau. Er mißbraucht ihn als hübsches Symbol der

Vergeblichkeit, es versöhnt ihn mit der Geschichte und ihren Folgen, bestätigt den lebenslangen Rückzug aus ihr. Er denunziert keinen Freund und wirft keine Bomben, doch nimmt er auch nicht an einer Revolte teil. Der Plunder bestätigt ihm die alte Vermutung, daß Vernunft, Kritik und Aktion ohne Wirkung sind. Er macht ihn zum Fetisch der eignen Friedfertigkeit, er weist ihm Bedeutungen zu, die der Plunder nicht kennt. Der will nicht zeitlos sein und beruhigend wirken. Er ist nicht genügsam, er möchte nichts Tragisches spiegeln. Er weist Schwärmerei, Begründung und These von sich, die gesteigerte Affenliebe zum Netten und Schönen, das Dahinvegetieren als Sammelobjekt oder Schaustück, das Verwechseltwerden mit Geldwert und Extravaganz. Der Mensch, der den Plunder mißbraucht, kann dem Plunder nicht schaden. Er schadet sich selbst: er stellt sich als Schöngeist dar.

Der Plunder bleibt immer derselbe, sagt Caroline. Er hat immer recht.

Wieviele Arten und Abarten kann man vermuten, in der weltweit klassenlosen Gesellschaft des Plunders. Gibt es nicht nachweisbare Hierarchien, die die Anstecknadel vom Ritterkreuz unterscheiden, das Messerbänkchen vom

Dolch, den Bernstein vom Glas, dies alles nach Gebrauch, ohne weitere Verwendung, im epilogischen Zustand der eignen Geschichte. Jeder KRIMS UND KRAM ist sein eigner Clown, sein bester Geschichtenerzähler und Philosoph. Sein Vorhandensein evoziert Epochen und Träume, Kulturen und Lebensgeschichten, Legenden und Lügen, Zusammengehörigkeiten, die nicht mehr gelten, die Geschichte vom Kästchen aus Blech, das der Freund mir schenkte (am schneeverwehten Abend in Ostberlin), das zwei Seidenpapiere enthielt und aus Ungarn stammte, ein erstaunlicher Gegenstand in den Grenzen des Landes, wo mit Plunder und Spielzeug nichts bewiesen wird. Plunder, ein gutes Vermächtnis, sagt Caroline. Es ist das von Schein oder Anschein befreite Zeug, das vom eignen Ursprung nichts braucht, um lebendig zu sein, von Zusammenhang und Verwendung nichts mehr weiß, und bei Caroline seinen besten Zustand erreicht. Er bleibt dem Zufall verbunden in gutem Gedenken, hat nichts zu verbergen und fürchtet keinen Verlust. Er ist das einzige, was wir von Zukunft wissen: sie stellt ihn her aus dem, was wir heute sind.

Das zwanzigste Jahrhundert hat kaum begonnen, da tauchen sie in bunten Scharen auf, Gaukelburschen der Kunst oder Collagisten, das hatte wohl keiner im Ernst für möglich gehalten. Sie benutzen den Rohstoff, wie er im Freien liegt, und verwandeln ihn – ja in was verwandeln sie ihn. Plötzlich sind nie gesehene Wahrzeichen da, Insignien einer Macht, die zweckfrei regiert, vor allem auch mit Vergnügen, und ohne Gewähr. Es werden nicht bewohnbare Häuser errichtet, aus Bambus geflochten, aus Feldstein zusammengetragen, ideale Paläste, und Säulen aus fliegendem Krempel (Kleiderbügeln, Scherben, kleinem Schrott). Es werden Bilder aus Trambahnbilletten gekleistert, mit Briefmarken freigemacht, doch nie abgeschickt. Aus tausend Löchern taucht der Abfall auf (es geht mit rechten Dingen seltsam zu), er widerspricht der Behauptung, Materie sei tot, der verbrauchte Gegenstand ohne Wert und Charakter, oder störend, ein Ärger, der Schönheit im Weg. Man liest ein paar Schwemmhölzer an der Küste auf, verdrahtet sie mit einer gewöhnlichen Flasche (die Walzenbader Hustentropfen enthielt) und errichtet ein Bauwerk, zunächst privater Natur, eine unvermutete Heimstatt für Zeug aller Art, für die totgesagten Restbestände der Welt, die in Erstaunen versetzt wird, das heißt: von den Werken. Egal, wie ihr Name lautet, sie heißen Schwitters, oder sind so namenlos wie der Herr Distinkt, der die Stundenzahlen der Uhr durch Wörter ersetzt. Was sind das für Leute, die nichts Lebloses kennen, Materialidioten einer Jahrmarktskunst, oder falsche Heilige, die im Unsinn baden. Zweckentfremdung ist ihre Leidenschaft. Sie plündern Müllplätze, Kirchen und Lokomotiven, zerschneiden Tuben, Fässer, Totenschädel, kombinieren Zahnräder, Muscheln und Vogelknochen und stellen das Resultat als Kunstwerk hin. Als Offenbarung, zunächst ohne Handelswert. Sie hängen Turnschuhe in den Ahornbaum und laden den Stadtrat zur Besichtigung ein. Sie punzen und dadaisieren in allen Ländern, verlöten den Mumpitz und bemalen ihn, zerbrechen, vermischen, vergolden ihn und rufen ihr WUNDER WAS als Wahrheit aus. Die Bauwerke sind so alt oder neu wie die Zukunft, das macht die Verächter ratlos und scheint zu beweisen, daß hier keine Preßwurst-Ästhetik zur Geltung kommt. Was immer bewiesen wird – wir haben den Plunder, und von allem Plunder auch das Gegenteil.

Es ist die Geschichte dessen, der den Plunder vernichtet.

Nutzlos ist schädlich. Plunder wertlos. Plunder muß weg. Im Plunder gedeiht die Ratte. Ratte muß weg. Vermehrt sich das Gesindel. Gesindel muß weg. Abschaffung. Eliminierung. Alles klar. Ordnungshalber. In Ordnung. Plunder weg.

Er teilt die Order aus, oder nimmt sie entgegen. Er ist der Befehlsgewohnte, die Stütze der Ordnung. Er ist das Rückgrat des bestehenden Rechts. Es stützt sich auf seine Tatkraft, er hilft nivellieren, er scheidet Farbe, Freude, Gelächter aus. Er scheidet alles Selbstverständliche aus. Er ist das Organ, das die Vorschrift mit Maßnahmen durchsetzt, für Ausführung sorgt im untergebenen Trakt. Prinzipien beleben sein Hirn, an ihm ist kein Zweifel, im begradigten Weltbild ist er die Ziffer eins. Er gehört der Macht, er beweist sie, sie stärkt ihm den Rücken. Er hilft ihr noch dort, wo nichts zu helfen ist. Er sorgt für Gleichmaß in der Menschenleere, er verbietet den Steinwurf ins Wasser, er läßt ihn bestrafen. Er sucht und findet Indizien ohne Anlaß – im Gesicht, im Papierkorb, in Hautfarbe, Sprache, Erscheinung. Er ist der Kettenhund, der die Pflicht erfüllt. Er übererfüllt sie, hält sich den

Eifer zugute, und dient sich hoch in eine Befehlsgewalt, die der NEUEN SAUBERKEIT auf die Sprünge hilft.

Er spricht die vom Staat ins Gehirn verordnete Sprache. In der Parole erschöpft sich sein Wissen von Ethik. Er pfeift seinen Rüden, verhält sich gezielt zu Kollegen, erfreut sich an eigenen Witzen, denn Spaß muß sein. Nett kann er sein oder leise, da wird er gefährlich. Selbstermächtigt führt er Zensuren ein, nachdem er die Welt verhört und befingert hat. Er ist mit den Kindern jovial, sogar mit den eignen, er läßt sie atmen, sofern sie nicht braunhäutig sind. Arbeitslosigkeit ist ein Fall von PLUNDERN, und Zweifel, Protest oder Tränen erregen Verdacht. Der Verdacht ist immer da, und alles erregt ihn. DARLING, das Wort ist sein Reichtum an Zärtlichkeit. Bei der Geliebten rollt er den Schlips zusammen und hängt die Hose gefaltet über den Stuhl.

Sein Typ ist bekannt wie die tägliche Fernsehreklame. Er wurde in Jahrhunderten ausgeprägt, uniform und zivil, und half seiner Ausprägung nach. Korrekt verkörpert er wesenloses Befinden, das Allgemeine erfüllt ihn, er ist Bürokrat, und wird ohne Grund für eigentlich harmlos gehalten. Er könnte als Karikatur des Bürgers durchgehn, doch ist die Art seines Auftritts nicht komisch genug. Er sieht sich als maßstabgerechte Erscheinung an. Darüber hinaus geht nichts, er ist zufrieden. Sein Glück ist die Position, die Funktion sein Befinden, und Sentimentalität sein feinstes Gefühl. Die Nation, der er angehört, ist die zweifellos beste, das Fest, das er feiert, das schönste, doch träumt er von Orgien. Kein Schlaf kann gerechter sein als der eigne Schnarchlaut. Er besteht aus Klischee, verkörpert die Hydra der Normen, etabliert seine Menschenverachtung, erreicht hohes Alter, und stirbt in der Gewißheit, richtig zu sein.

Kindheit im Krieg und in der Zeit danach, an wechselnden Orten verschiedener Zonen. Ich war zehn Jahre alt und konnte glauben, die Zerstörung sei dem Plunder zuliebe geschehen. Aus Häusern, die gesichert wie Schatzkästen standen (im Schutz ihrer Gitter, Riegel, Läden), brach ein Überfluß von Dingen ins Licht der Welt. Das quoll aus geplatzten Wänden und qualmenden Fenstern, verschütteten Kellern und abgerissenen Etagen und lag, mit Schutt vermischt, in den Straßen da. Bei Tag und Nacht, ohne Rücksicht auf Verluste, wurden die Dinge von ihrer Umgebung befreit. Egal was sie selber wollten (was wollten die Dinge) – sie wurden aus allen Zimmern gerissen, aus Schulen und Kirchen in den Dreck geschleudert, aus alter Verborgenheit in das Feuer versetzt. Sie lagen im Chaos wie vom Himmel gefallen, verkohlt, gelöscht von Regen, in Tümpeln faulend, Geräte, Gefäße und Spielzeuge, Möbel und Flaschen, Instrumente, Klaviere und Kleider in schwammigen Haufen, ohne Erstaunen darüber, was hier geschah, gleichmütig, lautlos, mit jeder Stelle zufrieden, die der Zufall für sie im Bereich des Entsetzens fand. Selbstvergessen wie in den besten Zeiten, überlebten die Dinge den Sturz in das Unbekannte und gaben dem Luftdruck jeder Granate recht. Ich sah sie mit Toten vermischt auf den Schuttbergen liegen, im traurigen Tumult amputierter Materien, gleichberechtigt mit Mörtel, Asche, Staub, Haustierknochen, Rattenknochen, Mensch.

Die gewohnte Ansicht der Dinge verschwand über Nacht. Ihre Gegenständlichkeit war barbarisch entblößt. Die Dinge erschienen nackt, wie ausgefressen, verloren im Limbo gigantischer Restbestände, der alles runterschlang, was übrig war. Obdachlose stocherten in den Haufen, sie brachten ans Licht, was an Dingen zu finden war. Man suchte, sammelte ein und kratzte zusammen, bog Eimer zurecht, klopfte Lumpen aus. In Leiterwagen und Rucksäcken ließ man verschwinden, was brauchbar schien oder Reste von Anmut besaß. Es tauchte Gesindel auf, durchkämmte das Ödland, in halben Häusern setzten sich Flüchtlinge fest, es stellten sich Schrotthändler ein, errichteten Zäune, es wurden Verschläge aus Kisten und Drähten gebaut. In Kilometerstrecken aus Schutt und Verkommen, in Kontinenten aus Fäulnis war ich zuhaus, allein mit einem Stock, in verbrauchten Schuhen, die Neugier war stärker als Vorsicht, Beklemmung, Angst. Nichts in der neuen Landschaft schien so entstellt, so tot oder scheintot, daß es mir feindlich war. Die lastende Stille in ihr war von Vögeln durchflogen, ein Schlag gegen Blechkanister verhallte weit, der Sturz einer Mauer gewitterte in Ruinen und wälzte Staub aus den Höhlen ins stinkende Licht. Feindlich, zu Brechreiz würgend, war nur der Gestank. Er schien aus allen Löchern gen Himmel zu dunsten, hing um geköpfte Türme und fraß an den Bäumen, er schwelte über Fabriken und Fußballplätzen und qualmte sichtbar, in faulig-finsteren Schlieren, über ausgeweideten Gärten und nassem Schrott. Der Gestank verfärbte den Regen, drang in die Kleider, verdickte die Sonnenwärme, erstickte die Luft. In ihm verdampften die Toten aus der Tiefe, Reste von Rattenfressen, zerfließendes Aas, das in Träumen auferstand, sich ziellos bewegte. Sauer, brühwarm, beißend und jahrelang war alles Leben in Gestank gehüllt.

Ich nahm jedes Ding in die Hand, das ich vor mir sah, nie wieder hielt ich so viele Dinge fest. Ich sammelte wahllos, schleppte sie in den Taschen, tauschte sie aus oder warf sie zu ihresgleichen, und versteckte das Beste in einem Verwaltungsgebäude, dessen Hülse wie angeschwemmt in den Schuttmassen hing. Ein Waschraum im Kellergeschoß (überschwemmte Böden) verbarg die ins Zwielicht zusammengetragene Beute: Flaschen, Büchsen, Stangen, Löschgeräte. Nach ein paar Wochen ließ ich den Plunder sausen. Die Freude an Plutos Artikeln erschöpfte sich schnell.

Ich könnte neunzig Geschichten erzählen, und hätte doch hundert nicht erzählt.

Der Holunder wuchs, die Brennessel duftete wieder. Es zog mich noch immer zu der Höhle hin. Die Tümpel, Gebirge und Schluchten des

Trümmerlandes, seine brüchige Geographie, blieben mein Parcours.

Ich trieb mich in zerbombten Straßen herum, vorbei an Geschäften ohne Tür und Glas, ausgebrannten Räumen an Trottoiren, die zwischen Backsteinschutt und Gerümpel verschwanden. Die Straße setzte sich dunkel in ihnen fort. Dort stand ein Schaufenster offen zur Straße hin, ein Haufen rosiger Leichen lag darin, durcheinandergeworfene Glieder nackt und glatt, haarlose Köpfe, unverletzte Haut. Ich rannte weg, das Entsetzen war schneller als ich. So leblose Tote hatte ich nie gesehen, perfekte Tote, in keiner Verwesung gedunsen, von keinem Balken zerquetscht, und ohne Haar. Als habe der Tod sie zu seinem Vergnügen geschaffen; als weise der Tod ein paar Meisterleichen vor; als habe der Tod den Krieg in Gebrauch genommen, um zeigen zu können, wie kunstvoll sein Muster sei. Auf Umwegen kroch ich zurück und beschaute die Toten. Ein Haufen Schaufensterpuppen, weiter nichts.

Sie erscheinen im Morgennebel am Rand der Piste, versorgen die Pferde und warten ab. Der

Zufall hat ihre Kleider zusammengetragen, Federhüte, seidene Pluderhosen, Pelze und Stiefel aus vornehmen Garderoben, von Nachtlagern faltig, von Schweiß oder Schlamm gefleckt. Sie besitzen Wasserflaschen, Beutel aus Leder, messingbeschlagene Flinten, Proviant, Tabak. Sie stinken, das ist der Fusel und der Urin. Es ist der Gestank, an dem man sie wiedererkennt. Gesichter mit struppigen Backen, verfaulenden Zähnen, Steckbriefköpfe, Visagen der Räubermärchen, Finsterlinge aus dem Panoptikum. Der Jüngste ist ein Kind, dem Sprengel entlaufen. Der Älteste tränt und hustet, ein freudloser Greis.

Sie warten in Wäldern, im Erlengehölz der Steppe, an steilen Stellen der Fahrwege in den Bergen, im Schilf unter Brücken, in Herbergen, Höhlen, Gemäuern, verbündet in Hunger und Habgier, Gelächter, Wut. Sie sind die Strolche, Plünderer, das Gesindel; die Vogelfreien, Gesuchten, Aussortierten; die Vorhut der Revolution und Mazeppas Leute. Sie sind die Füchse der menschlichen Gesellschaft. Hühnerdiebe, Tag- und Taschendiebe; Ganoven der Mundraubwürde, das lichtscheue Pack. Sie räumen die Speisekammern der Herrschaft aus, sie fallen über Zofen und Mägde her. Berittene Gendarmen, gehetzte Hunde – ihr Boulevard ist ein Trampelpfad durch das Zwielicht, ihr Palast eine alte Schmiede am Rand der Stadt. Ihr Lager kann Himmelbett oder Strohsack sein, eine Mulde im Wald, eine Decke im Armenspital. Sie teilen das Brot und die Beute mit ihrem Kumpan. Sie vertrinken die Beute und erschlagen ihn.

Man unterhält ein Feuer und löscht es schnell. Geräusch von Schellen wird hörbar, ein Bussard fliegt auf. Stimmen und Pferdegetrappel im leichten Wind. Das nähert sich auf der Piste, verläßt den Nebel und stellt sich, wie erwartet, als Beute dar. Post- oder Planwagen, Vierspänner, Karren der Gaukler, ein Kurier im Galopp, eine Jagdgesellschaft mit Damen. Es kommt ein Scherenschleifer mit seinem Affen, es ist bloß der Scherenschleifer mit seinem Affen. Man zieht ihm eins über, dann läßt man ihn laufen, man schnappt den Affen, das Vergnügen ist groß. Ein Messer schlitzt das schüttere Fell, ein Säbel schleudert den Kopf ins Gras. Kleines Blut, an Hosen abgewischt. Messergriffe, Klingen, halbe Scheren. Der Apparat des Zigeuners macht keinen froh.

Nebel tropft von den Buchen in die Farne, filtert das Frühlicht des Oktobermorgens und löst sich, von Sonne durchsprüht, in Schleiern auf. Man wartet auf eine Kutsche, die hier verkehrt, bringt sie zum Halten, spannt die Pferde aus. Die Damen werden veranlaßt, ins Freie zu treten. Die Herren, nach kurzem Protest, sehen kleinlaut zu. Man nimmt ihre Orden, Uhren, Papiere an sich, sie erhalten Gelegenheit, sich zu entkleiden, Schnallenschuhe, Beinkleider und Krawatten, zur Hälfte entblößt stehen die Herren in der Natur. Dasselbe geschieht mit den Damen, geschieht mit dem Kutscher. Man öffnet die Gepäckstücke, kippt sie aus, man nimmt sich vielleicht einer hübschen Kleinen an. Das Fleischlein wird ausgepackt und in Eile beschlafen, man kommt der Reihe nach zu seinem Vergnügen und überläßt die Verbrauchte ihrem Schmerz. Es kommt auch vor, daß der Schurke Manieren zeigt, ihn amüsiert der entgeisterte Reiseverein. Er läßt die schönen Damen ein wenig zittern. Sein Hohngelächter verklingt im Wald.

Schneller Ritt, man verschwindet im Hinterland. UNTERTAUCHEN, man weiß, wo man sicher ist, hat verläßliche Leute zur Hand, bezahlte Komplizen, ein Gesindehaus, ein Bordell, ein Gehöft am Fluß. Man verhält sich still, schläft, frißt und betrinkt sich, dann teilt man die Beute. Gold, Silber, Kupfer und Messing in vielfacher Prägung; Kleingeld im Beutel, Dukaten, gutes Geld; Briefe, Scherenschnitte, Maskottchen, Bücher; die Ketten und Ringe der Damen, die Kämme und Broschen; Schleifen, Unterröcke, Perücken und Spiegel; Notenblätter, Tabak- und Puderdosen; Schnäpse, Empfehlungsschreiben und Siegel und Brillen; Spitzenwäsche, Manschetten, Reisestiefel; Betbücher, Bibeln und Erbauungsschriften; Landkarten, grüne Tinte, ein Kästchen voll Streusand.

In andrer Gestalt verläßt man die Unterkunft. Ein Pilger zu Fuß, ein reitender Ehrenmann, der Bauer bringt eine Mähre vom Markt nachhaus. Einer lärmt in den Schenken und wird verhaftet. Einer überwintert bei einer Hure. Einer passiert die Grenze, ein andrer erhängt sich. Einer wird klug.

In Mainächten nach dem Ende des Kriegs, im Chaos Erfurts, einer zerbombten Stadt, tauchten sie auf wie Ratten, Marodeure, aus deutscher Gefangenschaft, aus Fabriken und Lagern, befreite Zwangsarbeiter und Deportierte, mager

Überlebende der Verbrechen, ausgehungerte Polen, Rumänen, Tschechen, mit gestautem Haß auf alles, was deutsch war und lebte. Sie wurden vom Bürger gefürchtet, viel mehr noch verabscheut. Ich hörte: das war der Abschaum, der rechtlose Mensch. Man verrammelte seine Wohnung, bewachte die Frauen, und versteckte, was wertvoll war, im entferntesten Loch. Sie kamen nach Mitternacht, zu zweit und in Horden, ich sah sie, streunende Schatten, am Gartenzaun, Männer in schlechten Kleidern, mit Koffern und Säcken, vom Dunkel weggeschluckt, wenn die Streife kam, ein Jeep der Besatzung mit aufgeblendetem Licht. Sie drangen in Häuser ein, versorgten sich schnell – Fahrräder, Kleider, Wäsche und Eingemachtes, Radios, Spiegel und Uhren, Geschirr und Schmuck. Der kriegsbeschädigte Deutsche half sich selbst. Ein Pastor regte gemeinsame Nachtwachen an. Häuser in Sichtweite wurden ausgesucht, die Wachen lösten sich ab nach genauem Plan. Man stand an offenen Fenstern mit seiner Waffe und horchte in die täuschend geräuschlose Nacht. Das Getöse begann, übertrug sich und setzte sich fort, wenn der Schatten im Dunkel, die Horde näher kam. Notwehrkonzerte warfen mich aus dem Schlaf. Deckelreiben schrillte in den Ohren, Geläut der Pfannenglocken und Löffelschläge, Donner der Töpfe in den Straßenzügen. Ich lag im Bett mit den vertrauten Bildern: rennend löste sich auf, was heimlich da war, Schatten auf Trottoiren, in Gärten und Feldern, flatternde Säcke, und die Nacht war still.

Das Museum ist seine Morgue. Es ist sein Grab.

Was wird aus ihm, wenn er nicht im Chaos lebt. Was soll aus ihm werden ohne Spiel und Zufall, Bewegungsfreiheit und Wechsel von Mensch zu Mensch, nicht länger angefaßt oder fallengelassen, repariert, geleimt, geliebt oder weggeworfen.

Im Glaskasten liegt er, unter künstlichem Licht, den Elementen entfremdet, getrennt vom Staub, den Kindern vorenthalten, der Zeit beraubt, ein Fossil seiner selbst, beziffert, und ohne Geruch.

Was macht er dort. Er schläft, er läßt sich betrachten, vertreibt seine Langeweile (er weiß nicht wie), hat jede Verbindung zu seinesgleichen verloren, und sieht wie seine Beschreibung im Handbuch aus.

In Stellvertretung einer ganzen Kultur.
Ein Musterexemplar.
Hat er das verdient?
Er zieht sich in sein Gedächtnis zurück, dort hat er mit seiner Beschriftung nichts zu tun, dort dringt kein anonymes Interesse ein, dort konserviert ihn kein fachkundig fremdes Gehirn.

Das Rad einer Spielzeugmühle ohne Spritzer (seit siebzig Jahren ohne Flut und Schwall), eine Puppe ohne Kind, ein Zifferblatt ohne Uhr.

Was der Plunder vertreten oder beweisen kann, das vertritt er und weist es vor, das beweist er gern. Er ist eine Pfeife aus Lehm in Gestalt einer Taube. Sie ahnt, daß sie alt sein muß, sie stammt aus Umbrien, und es macht ihr nichts aus, daß einer das schriftlich beweist, mit Datum und Fotografie im Archiv hinterlegt. Sie ist eine lebende Taube in Pfeifengestalt – nichts zwischen ihr und dem Lehm, zwischen ihr und dem Feuer! Nichts zwischen ihr und dem Mund, der die Töne bläst. Nichts fehlt ihr außer dem Bläser und seinen Lippen, sie braucht natürlichen Atem in ihrem Bauch, sie braucht ihren alten, klaren, vibrierenden Ton, der Vögel zu Antworten einlädt im warmen Herbst.

Nichts kann sie zurückverwandeln. Sie hat keine Chance.

Sie ergreift die Gelegenheit anderer und läßt sich erkennen, sie macht Karriere in einem tonlosen Raum, wird nicht an die Lippen gesetzt, ein stummes Gerät.

Melancholie der Museen: Lautlosigkeit.

Sie ist verstummt, aber darf als authentisch gelten, sie wird für historisch erklärt und für typisch gehalten. Ein Exemplar, das tot für lebendig gilt. Ein Dokument, das keiner beatmen kann.

Der Plunder entsinnt sich ungeschriebener Regeln, die seiner Freiheit erlauben, alltäglich zu sein. Der Suppenlöffel des jungen Monsieur Courbet, eine Ansichtskarte aus Angkor, gestempelt in Rom, an wessen Geliebte und von wessen Hand.

Ein Fingerhut, der Caroline gehört; mit dem sie Lavendelöl an Freunde verteilt.

Ein Feuerzeug, gefunden im Bahnhof Zoo, mit der Inschrift MIMI.

Der Plunder verlacht das Museum, er lebt in der Weite. Er gibt sich der Zeit zu erkennen, ermutigt den Zufall, sieht der Zukunft entgegen, und nichts ist gewiß.

Fliegendes Zeug der Jahrtausende, glückliche Funde, hergeschafft am Gedenktag des Plunders,

in Kaleschen, Kutschen, Seglern und Fähren, Karawanen, Sänften und Beuteln der Diebe.

Warenbücher versandeter Handelsstationen; die Bedienstetenliste der Residenz Baliol (Ankleidediener, Flötisten, Geschichtenerzähler).

Nasenringe der Sklaven und Gürtelschnallen der Treiber; Katzenköpfe der Peitschen; Scheuklappen aus Leder.

Griffe von Schleudern, Dolchen, Prügelstöcken; Intarsien von Galgen und Schnitzwerke von Garotten; Kupferbeschläge von Masken, Rauchmasken, Stiefeln.

Die Insignien des Herrschers Borr, und die Signatur seiner Henker: Nägel, in die Köpfe der Toten getrieben.

Die in Stein geschlagene Karte des Landes Gisch.

Der Buchstabe HUH (Alphabet der Lari-Nomaden).

Die Pfeife Skliars, des Predigers ohne Stimme; die Krücke Ahasvers.

Spielzeuge der Wüstenvölker, Kamele aus Glasstein.

Bronzeglocken der Wolfsgeschirre; Schlittenglocken und Uhrwerke, Pendel aus Tuffstein.

Unbekannte Währungen, Särge voll Silber, Glasaugen der Götter.

Klistiere und Zapfgeräte antiker Doktoren.

Fiedeln, Kugeln, Flaschen voll Holz (Instrumente der Gaukler).

Das verschollene Schmuckkästchen der Prinzessin Lafunde (am Leben blieb, wer es fand, kein Kopf blieb am Leben).

Schulterblätter von Engeln und Ikariden; Flügelschrauben, Gerippe mit Seriennummern.

Das Messer des Malepartus, gefunden im Moor.

Aalen der Zeltmacher; Fingerhüte der Schneider.

Notenblätter der Sirenengesänge.

Halsketten der Circe.

Ich hörte die Geschichte von einer Frau. Geblendet von Frühlicht kam ich in die Bar. Sie stand im Dunkeln, weit von der offenen Tür, mit dem Blick in die leere Helle des Boulevards, allein mit einem Sherry, und sprach mich an. Das Gesicht im Halbdunkel sah nach Schönheit aus, ihre Stimme war unentschlossen, sie sprach mit Akzent. Möglich, daß sie älter als vierzig war.

Im geöffneten Pelz war weiße Haut zu sehen. Sie sagte nicht, aus welcher Nacht sie kam.

Die Bar wurde aufgeräumt, ein Radio lief. Es war ein Moment, wo der Raum ohne Zeit erscheint. Das erste Glas wird getrunken, oder das letzte, in unangreifbarer Ruhe und allein. Der Tag kann warten, die Weltgeschichte hat Zeit, und Übernächtigung läßt glaubhaft erscheinen, was in Nüchternheit oder Rausch bedeutungslos ist.

Der Mann, von dem sie sprach, konnte alles sein: der Geliebte, der Bruder, der Ehemann oder der Freund. Sie war drei Wochen vor ihm in das Land gekommen (auf illegale Weise? mit falschem Paß?), war hier in Sicherheit mit dem gemeinsamen Geld, erwartete den Mann in einer Pension, U<small>NTERQUARTIERUNG</small>, in der sie verloren schien, vor allem des Wartens wegen nicht glücklich war. Der Kontakt zu ihm schien aus Vorsicht abgebrochen, die lange Ungewißheit machte nervös. Nun sollte er kommen, wie verabredet war, von ihr erwartet, in einer Nacht im März. Er hätte erscheinen sollen in jener Pension, egal in welchem Zustand, erschöpft oder krank, verstört, verletzt aber lebend, lebendig bei ihr. Die Nacht ging vorbei, ein zweiter Termin verstrich, sie wartete in der Pension auf ein Zeichen von ihm. Kein Telegramm, kein Anruf, sie wartete weiter, verließ die Pension nur selten, für kurze Zeit. Ratlosigkeit, sie war isoliert wie nie, verfluchte den Mann, beweinte sich selbst und ihn. Auf schleichende Weise, nach langer Verzögerung, begriff sie, daß seine Flucht gescheitert war.

Was war passiert, was war überhaupt zu tun, allein in dem fremden Staat, in der Sprache verloren, von Zweifeln erschöpft, gebeutelt von Hysterie. Sie telefonierte in das andere Land, rief jede Nummer an, die ihr zuständig schien, die entfernteste und die gefährlichste, ohne Bedenken, und brachte gottweißwen in Verlegenheit. Sie verschickte Einschreibebriefe und Telegramme, verschlüsselte oder offene, rücksichtslos, gab Nachrichten an Kuriere und wartete weiter – ein Lebenszeichen, ein Todeszeichen, egal. Was hoffte sie noch an Gutem erfahren zu können. Sie brauchte Gewißheit, um jeden Preis.

Die Zeit verging mit Recherchen, sie lebte weiter, erschlagen von echten und unechten Informationen. Sie stieß mit nicht feststellbaren Interessen zusammen, die die Unbestimmtheit des Falls für wünschenswert hielten. Die Gewißheit kam als Formel einer Behörde: ER-

SCHOSSEN AUF DER FLUCHT, zur fraglichen Zeit. Die näheren Umstände wurden nicht genannt. Auf indirektem Weg erfuhr sie den Rest.

Jetzt hatte sie den Bescheid und konnte leben, wie hätte sie leben können mit diesem Bescheid, mit einer Geschichte, die sie nicht begriff. Der Mann reiste ab, allein, mit zwei großen Koffern. Taxen, Omnibusse, Dunkelstrecken, D-Züge, Fußwege (mit unhandlichen Koffern), in der Absicht, die Spur zu verwischen, und weiter allein. Hotelübernachtungen, mehrere Ferngespräche, in der Nähe des Grenzgebietes verließ er den Zug, schien erwartet worden zu sein und löste sich auf. Das alles schien folgerichtig dem Plan zu entsprechen. Er tauchte unmittelbar vor der Grenze auf, in Begleitung einer unbekannten Person, die vermutlich ein bezahlter Grenzgänger war. Mit diesem Teil des Berichts war die Frau vertraut (Patrouillen, Nachtzeit, Wege im Grenzgebiet).

Was folgte entsprach keinem Plan. Man schien sich der Grenze zu nähern, dann plötzliche Rufe, ein Scheinwerferstrahl durch die Bäume, der Fremde verschwand, der Mann stand allein auf dem Tierpfad, doch offenbar weder bemerkt noch vom Licht erfaßt. Warnschüsse schlugen ins Holz, er versuchte zu laufen, behindert von seinen Koffern, durch scheuernde Äste. Das Geräusch verriet ihn, er hielt seine Koffer fest. Er ließ sie nicht los, als ein Scheinwerfer ihn erfaßte. Er hielt sie fest, als der Schuß in den Rücken ging.

Er schien auf der Grenze erschossen worden zu sein.

Man stellt sich vor, was mit dem Toten geschieht. Er wird aus dem Holz gezogen und weggeschafft. Die Koffer verschwinden in einer Zentrale, die zweifelhafte Gegenstände erfaßt.

Versteht man einen Menschen, sagte die Frau, der sein Leben retten will und an Koffern hängt, an zwei Koffern zugrunde geht und ich warte auf ihn. Er und die Koffer oder er und ich. Fragen Sie mich, was in den Koffern war. Geheimpapiere? Der Flüchtling war ein Agent? Das Zeug in den Koffern war wertlos, private Papiere – Bücher, Tagebücher und Fotografien, vielleicht von ihm oder mir, Souvenirs und Briefe. Er läßt sich dafür erschießen und ich bin hier. Versteht man, was ihm das Zeug in den Koffern bedeutet. Er hätte sie fallen gelassen und wäre gelaufen. Ich warte auf ihn, er weiß es, ich warte auf ihn.

Momentlang verwechselte sie den Mann und

mich. Sie haßte, riß einen Ohrring aus dem Haar, warf ihn neben das Glas und verließ die Bar.

Ein Windrädchen ist – hier zögert Caroline.

Es ist das kleinste Schaufelrad, das es gibt. Es wurde für die Fäuste der Kinder erfunden. Es ist dazu da, in den Himmel gehalten zu werden.

Hoch über den Köpfen, im offenen Raum, dreht es sich guter Dinge um sich selbst, schnattert, flattert und pfeift in der Luft, beschleunigt die Luft und vermehrt den Wind, vervielfacht Übermut, Lautstärke und Bewegung, begeistert sich in der schwindelerregenden Arbeit, nimmt jeden Lufthauch auf, befolgt seine Eile, und schnurrt und wippt an der elastischen Stange, ein Glitzerding aus Festtagsfarben gemacht.

Caroline hat das Rädchen, das ich ihr schenkte, in die Südwand des Hauses einzementiert. Waagrecht hält die Stange das Rad ins Licht. Dort ist es sommer- und herbstlang in Betrieb. Es setzt sich mit allen Winden auseinander, mit starken und schwachen, mit eisigen und mit heißen, mit dem Fallwind der Berge, dem Mistral aus Nordnordwest, hält Tobsuchtsanfällen des Luftraums stand, vertrödelt sich in der

Brise aus Afrika. Es wirbelt die ersten Schneeflocken durch den Himmel, es hängt in Erwartung kommender Winde still.

In einer Dezembernacht ist sein Spiel vorbei. Der Schneesturm reißt das Rad ab und wirft es weg. Die Stange vibriert in der Mauer, weiter nichts. Caroline sucht zusammen, was vom Rädchen bleibt: abgebrochene Schaufelspitzen im Schnee, feuchte Fetzen Hallotria in den Flocken, worin die Reste der Farben erkennbar sind, Falschgold und Heidelbeerblau in entstellten Formen. Sie setzt das Gespenst des Rädchens im Kasten bei, der für heitere Trauerfälle im Keller steht: ein flacher Kartoffelbehälter aus Latten und Nägeln. Dort liegt nun das Rädchen.

Die Stange vibriert in der Mauer, der Weltraum lacht. Etwas wie ein Rädchen muß wieder her, der Auftrag ergeht an Freunde der Spielzeugkunst. Es sammeln sich Windräder in verschiednen Gestalten, Geschenke für Luft und Wind, für Auge und Ohr. Ostergrasgrüne Wunder aus Schlaufen und Spitzen. Die Luft hat wieder Arbeit, sagt Caroline, ein Rädchen braucht ein Jahr, bis es weiß, was es kann.

Dann sehen wir weiter.

Mit Vergnügen und Neugier, in mehreren Sprachen, las ich die Hinterseiten der Tagesjournale, lokale Neuigkeiten aus aller Welt, ein Kilo gemischter Besonderheiten, befremdende Fakten ohne Kommentare, das Unwahrscheinliche in der üblichen Fassung, die der Journalist einer Meldung zukommen läßt: platzsparend, nüchtern, und frei von Humor. Die vermißte Parkuhr wird auf dem Säntis gefunden (und von einem Beamten im Rucksack zu Tal gebracht). Erfreuliche Kinkerlitzen und Moritaten, Fisimatenten ohne Begleitmusik, Ganovenrache, Kidnapping hinter den Bergen, der Halsbruch des Apothekers in Schluer am Arn, der Diebstahl einer Perücke, ein Feuerwehrball.

Die Fortsetzung solcher Geschichten bleibt unbekannt. Die Krankheit des Apothekers scheint ohne Folgen, man möchte wissen, ob er am Leben bleibt. Man wüßte gern, wie die Moritaten enden, was aus der Parkuhr wurde und vieles mehr.

Ich entdeckte die Nachricht von einem Unbekannten, aufgegriffen im D-Zug Paris–Marseille, kultivierte Erscheinung, auf vierzig Jahre geschätzt, in himbeerroter Hose und gelber Krawatte, gepflegte Manieren, zwei Ringe (aus Gold und Blech), geringe Französischkenntnis mit deutschem Akzent. Nichts war an ihm auszusetzen, bevor man entdeckte, daß er weder Reisebillett noch Paß besaß. Er wurde der Polizei von Marseille überstellt. Sein Verhalten war ausweichend höflich, er schien amüsiert, doch gab er nichts Nennenswertes zu Protokoll.

Die Durchsuchung seiner Kleider GAB RÄTSEL AUF. Es wurde unzähliges Zeug ohne Wert entdeckt: verstaubte Pastillen, Kleingeld verschiedener Währung, Hotelseife (kleine Päckchen) und gläserne Murmeln. Der Inhalt des Koffers (er war unverschlossen) bestätigte den Eindruck der Polizei: es schien sich um einen Psychopathen zu handeln. Man entdeckte Flaschenkorken und Schiefertafeln, Zinnsoldaten und Buntpapier. Kein Hinweis beglaubigte Wert oder Unwert der Dinge. Von einer Tätigkeit schien er nichts zu wissen. Als Name gab er Antonio Vivaldi an.

Wäre er von mir erfunden worden! Ich hätte ihn durch alle Kontrollen gezaubert, namenloser Plunderer meines Zeichens, Ahasvers sorgloser Bruder auf eigenen Sohlen, der UNBEKANNTE PLUNDERER und sonst nichts. Sein Denkmal stünde auf dem Berliner Platz, ein Anonymus ohne Schrift und Zahl, mit einer weißen Eule auf dem Hut, und würde täglich von keinem Touristen besucht. Dort fände das Festival der Plunderer statt, einmal für immer, ohne Subvention. Es hätte zur Grundlage eine bewohnbare Welt (oder eine Welt auf dem besten Weg dorthin), verzichtete auf Programme und Resolutionen, eine freie Variante des Tagungswesens – historisches Rendezvous aller Vogelfreien, Ladenhüter und Plunderer Arm in Arm, bewährte Alleinunterhalter und Spieler und Spötter, die Neffen des Herrn Rameau und die Freunde Moèls. Sie wären zu Fuß und mit Fahrzeugen eingetroffen (Parkplätze voller Vehikel aus allen Ländern), sie zeigten ihren Besitz vor erfahrenen Augen, Fahrradtaschen und Zelte voller Plunder, Silbertablette und Kinderhände voll Plunder, Ladeflächen und Kofferräume voll Plunder, Friedensfeier des Plunders und seiner Komplizen, ganz frei von Versicherungshechten und Antiquaren, Steuerbeamten und handelsüblichen Köpfen – o überschwengliches Gebiet der Wunder! O unverkäufliche Schätze aus Glockenreich!

Tage und Nächte, verplunderte, voller Musiken, Geräusche der Straßenorgeln und Grammophone, geplatzten Lautverstärker, verstimmten Trommeln, pensionierten Feuerwehrpfeifen und Tamburine. O Tonbandverschnitte der großen Ministerreden, o Dreiklangpistolen mit explodierender Watte, o Caroline und die Tänze der LIEBLICHEN BERGE, o Schubaschuba, o Mambo, o Rock 'n' Roll!

Der Wal lag angeschwemmt am Rand der Bucht. Die Brandung schäumte um ihn, drang in sein Maul, die Ebbe entblößte den Trumm bis an den Bauch. Während der Ebbe lag er in Reichweite da, man ging direkt durch das Wasser zu ihm hin, betastete ihn und starrte in seine Augen, stand ratlos im Wasser, konnte für ihn nichts tun. Er lebte mit zugeklapptem Maul und stank. Die Flanken lagen nach Norden und Süden frei, der Wind fiel mit trockener Kälte darüber her. Man hoffte auf Regen für den Rücken des Riesen und freute sich lange, daß er gestrandet war.

Der Anblick verlor an Reiz, der Wal lebte weiter, man beklopfte die Masse (sie reagierte elastisch), man brachte Leitern und Seile, bestieg den Rücken, beschaute das Meer und die Küste und tanzte auf ihm. Man stach in ihn hinein an zahlreichen Stellen, schnitt ein Auge heraus und bohrte in seinem Maul. Es schien nicht möglich, daß er noch immer lebte, mit aufgeschnittenem Maul, zerfließendem Auge, der Anblick konnte nicht länger erträglich sein. Daß kein Schmerz aus den Löchern schrie und das Fleisch nicht schrumpfte! Daß er fremd, dann gleichgültig wurde, und nicht verschwand.

Man kam in Haufen, brachte Eimer mit, zerteilte die Masse, brachte Fleisch an Land. Er lebte noch, als die Rippen sichtbar wurden, verendete irgendwann, vielleicht bei Nacht. Die Leblosigkeit beschleunigte Hacken und Säbeln, gewaltiges Stinken trieb zur Eile an. Er wurde ausgeschlachtet bis hinter die Knochen, der Rest lag sich selbst überlassen am Horizont. Das Fleisch faulte ab, verschwand in schwammigen Fetzen, von Möwenschwärmen zerrissen, in Flut und Wind.

Das Gerippe wurde an Seilen auf Sand gezogen, zersägt, zerhackt, gereinigt, dann schnell verschleppt. Schädel- und Kieferknochen verschwanden im Wasser. Vereinzelte Knochen tauchten als Zaunpfähle auf.

Anhang

1.

Der Plunder hat Klettencharakter, er läßt nicht los. Er hält mich mit Widerhaken im Tagtraum fest. Es braucht etwas List und Geschick, ihn abzuschütteln, das ist ohne Hilfe nicht möglich, aber wer hilft. Wer zeigt dem Gedanken an Flucht jene Hintertür, die für Entführungen gut ist, selbst für den Fall, daß keine Geliebte in der Dramatik steckt. Caroline entfällt, sie versteht diese Notlage nicht, sie ist im Plunder zuhause wie ich in der Welt. Aus diesem Grund, und um alle Geschäfte zu regeln (bevor ich für lange Zeit dem Milieu entsage, das heißt: verschwunden sein werde ohne Erklärung, so gut wie ohne Adresse, wer weiß wo ich bleibe) hat eine Freundin sich eingefunden, die den Plunder liebt und seine Geschichte kennt. Die Bitte an sie: mein Verschwinden zu unterstützen, mit jener Beiläufigkeit, die der Sache entspricht. Sie übernimmt den Plunder, ich weiß nicht wie, und ich weiß nicht, welchen Schlußpunkt sie setzen wird. Daß sie ihn setzen wird, steht außer Zweifel, denn sie will so wenig wie ich auf die Dauer verplundern. Sie macht das aus Sympathie für die Sache des Plunders. Sie besitzt mein ganzes Vertrauen. Sie kennt sich aus.

2.
»Der Weltraum ist ein Sack voller Licht und Steine«

Ein regelrechtes Nachwort wäre verfehlt. Es ließe sich ein Glossar der Plundern denken, ein Kommentar, ein Anhang von Marginalien, vielleicht ein Lexikon aller Gegenstände, die Plunder waren und sind und als Plunder erscheinen, als Plunder willkommen sind und dafür geeignet, eine Liste von Anwärtern auf die Plunderschaft. Eine Enzyklopädie der gebrauchten Dinge, die alle TEILBEREICHE DES LEBENS erfaßte (verplunderte Weltbilder und verdampfte Ideen, erloschene Religionen und tote Sprachen), die Lebensleistung des unbekannten Gelehrten, ein Fragment, über dem er Vergnügen und Einsicht verlor. Die Entstehungsgeschichte des Plunders könnte erscheinen, sein chemischer, physikalischer Werdegang, die Anlässe seiner Entstehung und seine Herkunft, die Historie seines Erscheinens in Raum und Zeit. Es entstünde die Abart einer Menschheitsgeschichte, ein Archiv der gemachten und wieder verscherbelten Dinge, die Legende ihres Gebrauchtseins und ihres Verschwindens:

ein Unding aus Dilettantismus und gutem
                                    Willen?
ein Trauerspiel der unfreiwilligen Komik?
eine Philosophie des Zufalls und Überlebens?
die Ästhetik der Spuren und des
                          Zusammenhanglosen?
eine Welt- und Wirkungsgeschichte privater
                                    Dinge?
eine pluralistische Studie von furchtbarem
                                   Ausmaß?

Es gibt keinen Henri Fabre der Plunderwelt. An seiner Stelle träte ein Team auf den Plan, eine ausgesuchte Gesellschaft von Schriftgelehrten, Laboranten, Koordinatoren und Wandschrankdozenten, Privatdetektiven und Wünschelrutenexperten. Dem Spezialisten läge ein Grundbuch vor (das erarbeitet worden wäre in hundert Laboren): Analyse und Darstellung aller Substanzen, die der Plunder braucht, um in Erscheinung zu treten: Grünspan, Schimmel, Säure und Gift und Schwamm; Verwitterung, Gärung, Verfärbung und Oxydation; Schleim,

Pulver, Pilz und Feuer und Rost und Staub; die genaue Charakteristik von Riß und Knacks, Bruch, Beule, Schramme und Fleck, Verformung und Loch; das Schwellen, das Schrumpfen, das Ausbleichen und das Vergilben, und ein kleiner Zusatz über das Eselsohr. Da der Plunder sich täglich vervielfältigt in Prozessen, die schwindelerregend schnell in die Zukunft gehen, sich beschleunigen, überstürzen und alles erfassen, was dauerhaft schien wie ein Denkmal und fest wie Granit, befände das Werk sich von Anfang an im Verplundern, und könnte ein Fall wie der Turmbau zu Babel sein.

Es bleibt dabei: der Plunder verbreitet Gesetze, die organisch und stetig oder ganz anders sind (dort, wo sich die Willkür ein Stückchen Kreide beschafft). Ihr Merkmal ist und bleibt die Unscheinbarkeit. Eine Huldigung an sie beschließt das Buch: eine Sammlung von Plundergedichten aus zweiter Hand. Ich fand sie, wo sich die Plundern der Sprache verstecken, in Kalendern, Jahresgaben und Fliegenden Blättern, in Feuilletons und Archiven lokaler Chronisten. Verse ohne Chance, überliefert zu werden, durch alle Vergleiche und Rezensionen gefallen, Lückenbüßer der Dichtung, Nürnberger War'.

Daß ihre Namen fehlen, bestätigt den Plunder. Daß Titel und Daten fehlen, bestätigt den Plunder. Daß ich selbst anonym erscheine, bestätigt den Plunder. Wer dem Plunder verfällt, ist namenlos.

SIEBENSACHEN, einmal verloren
zweimal gestohlen
und dreimal besessen
viermal gefunden, fünfmal vergraben
sechsmal verschenkt
und ein andermal grundlos vergessen.

Wer an ein Goldgeschirr denkt
gibt ihm zu essen.

HAB AUFGELESEN meine Spuren
festgemacht an den Stiefeln
hab weggeworfen den einen Stiefel,
den andern
bin barfuß verschollen

doch bin wie auf Flügeln
spurlos vorhanden, noch immer,
wer sucht mich
aber wer findet mich in den Nesseln
unbeschuht,
und in welchem Stiefel.

LOCH IM SCHUH
bewohnt, und gepriesen
haltbar
für lange.

Unkraut reingelassen
und wieder raus
den Staub und seine Kinder
die treue Luft
den Schuster fortgeschickt
die besohlten Freunde.

Umziehn
in ein anderes Loch?
Vielleicht, wenn der Schuh
zertreten ist.
Ojeh, wieviel Weisheit

lacht sich ins Fäustchen
vorm Abend
und sitzt schon
im letzten
Loch.

Hat die Katze
den Vogel gefressen.

Hat sie sich nicht in ihn
verwandeln wollen.

Alles geht schief.

Ich wachte auf
und sah: es ging
mit rechten Dingen seltsam zu.
Ein Windrädchen wurde
mir überreicht
im Schlaf.

Kein Koffer da
die Schuhe ausgewandert
das Geld hat einen guten
Freund gefunden.

Wie geht das fort?
Wie die Luft
durch das Rädchen geht es.
Luft durch das Rädchen
Luft durch das Rädchen
Wind.

O ICH WEISS
wo die Streichhölzer sind
Schlüssel im Schubfach
Maus im Kasten
Groschen, Galoschen
Salz in der Büchse
Eidechsenschwanz
und Flaschenkorken
Wanze am Fliegenfänger
und Mottenflügel
Bittermandeln, süße Nüsse
alles weiß ich

alles alles
irgendetwas
muß ich haben.

SPIELDOSEN
zu versteigern
und Kirschblüten, Glocken
blaue Wunder zu Friedhofspreisen
abzuholen
mit einem Leiterwagen.

Steine werden
uns nachgeworfen
treffen uns als Küsse
und Kirschblüten, Glocken
Zuckerstücke fürs Pferdchen
lachen macht lustig.
Wir Saltimbankerte überleben
als Krokodieschen
und Firlefanzosen
sitzen am Katzentisch und essen
die Luft mit dem Löffel
den Staub mit der Gabel
traurig, traurig, da kommen die Mäuse

mit verheulten Augen
vom Speicher herunter.

Kinkerlieschen
Kinkerlieschen
wo sind die Wunder.

OJEH, warum bist du
aus dem Schlitten gesprungen
und fortgeblieben
im Schnee
spurlos im Schnee.

Und der Wind
in den Flügeln des Schneehuhns
und die weißen
Augen der Murmeltiere –
ich habe den Schnee
durch das Sieb geschüttet
mein Leben lang
du bist nicht drin gewesen.

Verschütt, mein Glöckchen.

ZERIZE!
Zerize!
Ich bin zu spät drauf gekommen
hab singen lassen
und sausen
im Schlaf
im Wind.

Was war es?
Wer ist es gewesen?
Eine Erbse im Schuh
ein Engel fürs Kind
ein letztes Wort
aus Schweigsams Vokabelbuch?

Zerize!
Zerize!
Ich bin zu spät drauf gekommen.
Und es gibt gar kein
Zerize mehr.

HILFE, der Samjel
ist in die Unkrautmühle gefallen
sags der Sture Muh

und ihren Kindern
dem Windig,
dem Schwarzwälder Haidel
dem Hut an der Tür
sags dem Bier und dem Bierfaß
dem Wein und dem Weinfaß
sags dem Totenschein
und der trockenen Tinte.

Sags der Kahle Muh
und ihren Enkeln
daß der Samjel
mit dem Nesselkraut wieder rauskommt
aber wann, aber wie
und wenn er drin bleibt
und wenn er drin bleibt
bis Jubilo anno?

Brennesselmehl
und Brennesselmehl.

EIN KLEINER FRIEDEN
käme zur rechten Zeit
nähme Wind aus den Flügeln

und schliefe
leicht.

Spät, zu spät.
Die Federn zur Erde gefallen.
Der Trödler wirft sie in seinen Sack
und schläft.

LANG SCHON dem Hunger
übern Kopf gewachsen
Lang schon Stein
und Bein
und Federlesen
davon gehn wir aus
mein schönes Kind
dort stehn wir
nicht erst seit heute
dort fangen wir an.

Hungertuch
Schweißtuch
Gänsehaut
Armleutehaut, mein gutes Kind
gesteckt in Sack

und Asche
Tag für Tag.
Ein totes Huhn
staut den Bach im Garten
morgens ein Engel
an die Tür genagelt.

Wo immer ich bin
find ich Federn
weiß
leicht
herrlich
Federn für dich
und du fragst: woher
die vielen Federn.

Ach Hühnchen, Engel.

AM LETZTEN ABEND
gehn sie zum Laufpaß.
Der bringt sie auf Trapp ins Blaue
der haut seinen Stempel
auf Staatspapier
und sie packen ein, was sie haben:

Ein Kuckucksalphabet
eine Gänsehaut
einen Hammer, von der Schläfe gefallen
eine Sichel, im Unkraut verloren
und Habgut, gutgeschrieben
im Angesicht des Wunders:

sie leben
weiter
und lachen
stehn Kopf ohne Aufpaß.

HEISSE neuerdings
Glaubwürdl
ungetauft, kein Briefkopf
ohne Gewähr
alte Doktorhüte, guter Ton
Schafpelz, Fettnapf
Gallstein, Grübchen
alles zurückgelassen
in Irdisch-Unkraut
nicht ein gekrümmtes Haar
ist mir geblieben
keine Locke

ohne Glocke
vielleicht zu erreichen
über die Erbse
im Pfeifchen.
O Erbse im Pfeifchen!

ADIEU, ADIEU! die andern
sind schon vorausgeflogen
mit den Sargnägeln
und mit dem Trinkgeld
der Wind kommt nach
mit dem Schlüssel
der Knochenmehlmüller
läßt uns ein
es wird an nichts fehlen
wir brauchen wenig
einen Schlaf, eine Freude
und Wolkenkuckuck
der Wind kommt nach
und nichts sonst, der Wind
wir werden ihn fliegen hören
wir werden uns ausruhn.

WO IST DER KORKEN
vom Fläschchen
der Korken
vom Fläschchen
was hast du gemacht
mit dem Fläschchen
und wo ist der Korken
du hast das Fläschchen
kaputtgemacht
und wo ist der Korken

BIN, WAS DAS ZEUG HÄLT
unterwegs im Karren
alles eingepackt
und nichts vergessen
Mäuse Mottenkisten
Brotmehl Sägmehl
aber dem Hund fehlt ein Bein
wir kommen später
bitte die Ankunft zu beachten
das Gartentor zu öffnen
und nicht zu schließen
bringen ein Bäumchen mit
oho ein Bäumchen

Wurzeln unten
Blätter oben
Kirschen Kirschen

WARTE NICHT
bleib nicht länger
der Tag wird kommen
mit Stacheldrahtsternen und Pulver
flieg voraus
reiß Windrosen aus dem Himmel
ach Mohnblumentage
und Luft in Schauern
warte nicht länger
genug vom Licht
ist auf dich gefallen
hell beladen bist du
Stern im Sommer
weit voraus, wir kommen nach
in andrer Gestalt
warte nicht, bleib nicht
bis unsre Stimmen
nicht mehr zu hören

Christoph Meckel
im Carl Hanser Verlag

Nachricht für Baratynski
(Prosa)
1981. 160 Seiten

Der wahre Muftoni
Erzählung
1982. 144 Seiten

Anabasis
(Radierungen)
1983. 188 Seiten

Ein roter Faden
Gesammelte Erzählungen
1983. 392 Seiten

Souterrain
Gedichte
1984. 80 Seiten

*Bericht
zur Entstehung einer Weltkomödie*
1985. 132 Seiten